Voor John Peel

"Teenage dreams so hard to beat"

- The Undertones

"Life should not be a journey to the grave with the intention of arriving safely in a pretty and well preserved body, but rather to skid in broadside in a cloud of smoke, thoroughly used up, totally worn out, and loudly proclaiming "Wow! What a Ride!"

- Hunter S. Thompson

‘Os Pensionados’ (2017) werd geschreven, opgemaakt en uitgegeven door Bas Jacobs
Coverfoto: Olga van den Berg
Foto achterkant: Olga van den Berg

OS PENSIONADOS

uma novela

"Literature is the most agreeable way of ignoring life."
- Fernando Pessoa, The Book of Disquiet

Capítulo I:

O João

Zal je net zien, zijn we er weer eens, zijn ze dicht. Een met groene en oranje viltstiften beschreven briefje hangt achter het raam, naast, boven en onder alle andere briefjes waarop gerechten en drankjes worden aangeboden. Het woord 'férias' en twee data die niet veel anders kunnen zijn dan een begin- en een einddatum zijn voor ons reden genoeg om ergens anders heen te gaan.

Bar Zagalo mag dan dicht zijn, om de hoek zijn voldoende andere cafeetjes waar het tl-licht welig tiert in een onverbiddelijke strijd tegen het zich immer naar binnen wurmende zonlicht. Wat je er kunt krijgen is doorgaans ook overal hetzelfde. Koffie, zoete broodjes, tostadas, en vlees of vis met friet of aardappelen en altijd een dot rijst, naast die friet of aardappelen. Wij bestellen, zoals zo vaak, twee bier, maatje fluitje, maar dan in iets langer gerekte glaasjes, die de ietwat bombastische naam Impérial dragen. Hier dan, want een klein beetje noordelijker noemen ze dat maatje Fino, wat voor een man als ik met een flinke slis in de tongval nogal eens moeilijk is uit te spreken zonder dat het lijkt op Vinho, wat natuurlijk staat voor een glaasje wijn, wat ik op zich ook wel lekker vind, maar niet in de zon op een terras.

Natuurlijk hadden we deze dag, net als zoveel andere dagen naar een museum kunnen gaan, of een kerk, of een kasteel, maar wat daar hangt en staat is al zolang hetzelfde, daar zullen die paar dagen of die paar jaar weinig aan veranderen, dat kan, kortom, altijd nog. Hier op straat is waar je voor niks, als je die biertjes niet meetelt, maar die hadden we toch wel gedronken, de hele dag vermaakt kunt worden. Onze connectie, je zou kunnen zeggen *Our man in Lisbon*, maar voor je het weet zit je dan aan dingen te refereren waardoor de pretenties van je tekst afspatten, dus dat doe ik maar niet, heet Ian Curtains. Niet omdat hij echt zo heet, maar omdat hij ooit een volle week bezig is geweest om voor ons in zijn open tussenkamertje een gordijn op te hangen en we het wel een grappige knipoog naar Ian Curtis van Joy Division vonden. Niet dat dat kamertje ook maar enige gelijkenis had met waar de oorspronkelijke joy division voor stond. Maar het bracht ons uiteindelijk wel nog een nacht slaapplezier. Door het donkerblauwe gordijn was het kamertje inmiddels zo van elk licht gespeend dat je er met gemak iemand zo zintuiglijk zou kunnen depriveren, dat ze groen en geel van de kleuren die ze met name gehoord zouden hebben, vanachter de gordijnen zouden komen op welk moment van de dag dan ook. En zo werden we die ochtend pas in de middag wakker.

Nu zitten we inmiddels een bier verder op hetzelfde terras. Terwijl de ene João, die de ander niet is, bezig is om weer iets toe te voegen aan zijn eindeloos uitdijende stukje straatkunst, wat niet meer, maar zeker niet minder is dan dingen die hij op straat vindt en bij elkaar plaatst en plakt, tot genot van de stoet toeristen die aan het steegje, met de briljante naam Beco do Paraíso, waarin hij dit allemaal tot leven laat komen, voorbijtrekt, komt de andere João onze kant opgestapt. Dat stappen van de andere João is een vreemde mix van het loopje van een junk, met samengeknepen billen alsof de bolletjes coke iedere seconde uit de anus kunnen kletteren en het loopje van de standaard Portugees die aan het winkelen is, zonder dat daar daadwerkelijk winkels aan te pas hoeven komen.

“Hola! Tudo Bem?!” perst hij, zo donker als Barry White, uit zijn doorgerookte longen en de vraag klinkt dan ongeveer als ‘Toetsje-Beh?’.

Zoals een Amerikaan de vraag niet stelt om antwoord te krijgen, begint hij vervolgens te ratelen, waarbij een gele klont die nog in zijn neusharen gevlochten zit, zo nu en dan, als hij even fors inademt in zijn neus verdwijnt om bij de eerste woorden die volgen als een duveltje uit een doosje weer de kop op te steken.
Terwijl hij ons een onsamenhangend verhaal over bierleveranciers aan het vertellen is, is hij ook een monoloog aangegaan met de 'Madda Fakka' die vanuit het politiebureau aan de overkant even de straat overgestoken is voor een kopje koffie.

Als hij zich middenin een wirwar van zinnen herinnert dat hij zijn telefoon in zijn café heeft laten liggen, ratelt hij door in de volgende anekdote.

"Ik heb in vijf jaar tijd al 60 telefoons verloren. Madda Fakka. Eén keer had ik van mijn vader een nieuwe telefoon gekregen voor kerstmis. Dezelfde avond heb ik die telefoon alweer verloren in een taxi. Omdat ik mijn vader de volgende dag weer zou zien, heb ik de volgende ochtend een nieuwe gekocht, hetzelfde merk, hetzelfde type, zodat hij niet zou merken dat ik de telefoon alweer kwijt was, zodat hij niet weer in dezelfde tirade zou belanden waarin hij geen spaander van me heel laat. Nadat ik met mijn ouders en familie had gegeten, ging ik nog uit en diezelfde nacht heb ik de telefoon die ik gekocht had ook weer verloren in een taxi. Ik denk dat alle taxichauffeurs nu mijn nummer gebruiken. Madda Fakka."

In een rochel van João weet Olga hem een vraag te stellen: "Hoe noem je iemand uit Alfama met al zijn tanden?".
Na een seconde gedacht te hebben dat het een serieuze vraag was, beseft hij dat het een grap is waarvan hij de clou nog niet weet en begint bulderend het restant van zijn tanden bloot te leggen. Omdat wij hem geen spiegel voor kunnen houden, zegt Olga lachend: "een toerist.", waarop wij door lachen, maar João is duidelijk minder geamuseerd door het mopje en begint een enorme partij te mopperen over alles dat maar los en vast zit, waarbij de eerste categorie het in Portugal doorgaans wint van de tweede.

João is een Portugees. Zoveel is duidelijk. Het Engels dat hij spreekt, komt rechtstreeks uit alle televisieseries en films die hij gezien heeft. Als wij opstaan om hetzelfde te gaan doen, namelijk bier drinken in een ander café, dat precies hetzelfde heeft als dit café, maar dan ergens anders, gaat hij op licht geïrriteerde toon door met praten alsof we helemaal geen aanstalten maken om weg te gaan en als we langzaam van hem weglopen, ratelt hij nog, ‘Madda Fakka’, ‘Madda Fakka’.

"There are ships sailing to many ports, but not a single one goes where life is not painful."
- Fernando Pessoa, The Book of Disquiet

Capítulo II:

Na Estrada

Nadat we jarenlang op verschillende manieren naar het zuiden waren afgereisd, waren we er steeds langer gebleven, totdat het qua tijd zo was dat de tijd die we in Nederland doorbrachten 'de vakantie' was geworden. We waren nooit geëmigreerd. We waren altijd slechts weggegaan, voor een bepaalde tijd, en later voor een wat meer onbepaalde tijd en voor de kleine dingen die je dan nog aan een land van herkomst binden waren we zo nu en dan teruggekeerd. Voor familiebezoek, voor wat kleine regeldingetjes en soms zomaar.

In het begin waren we nog met het vliegtuig gegaan, omdat dat sneller was en relatief net zo duur als met een auto helemaal vanuit Nederland, over de veel te dure snelwegen van Frankrijk, die hoewel je er voor betaalde zelden af waren. In het begin hadden we vaak ook een auto gehuurd. Eerst zo goedkoop mogelijk met zo min mogelijk toevoegingen die geld kosten. Later, wat voorzichtiger geworden door een aangeprate angst voor onzinnigheden, waarvoor we dan toch maar betaalden, hoewel waar we voor betaalden in al die jaren opgeteld ongeveer net zoveel was als de aanschaf van een leuk autootje. Zo krom is de wereld in alles. Je moet voor heel veel shit betalen die je als je het goed berekent, totaal onzinnig is. En natuurlijk is dat achteraf, maar wat je achteraf weet, kun je toch ook vooraf toepassen.

Ik weet wel dat als ik het in een gesprek zo stel er altijd wel iemand is die dan met een voorbeeld komt van iemand voor wie zo'n stelregel niet geldt, maar mijn mening is dan dat juist voor die bijzondere gevallen een fonds moet worden opgesteld en niet voor iedereen. In dat geval betaal je waarschijnlijk met z'n allen een fractie van wat je nu betaalt aan verzekeringen en al dat soort ongein om die paar gevallen te bekostigen. Nu betalen we allemaal de volle mep, waarvan we altijd ook nog een gedeelte bijbetalen, onder het kopje eigen risico, maar ik dacht toch dat het verzekering heette, wat is dan toch dat eigen risico, maar dat kan aan mij liggen en die volle mep verdwijnt in bijzaken waarvoor je die verzekering niet neemt. Heel veel extra kosten en forse premies en bonussen en lonen voor de bovenbazen die niet nodig zijn. Die voor de meeste mensen op zijn minst niet nodig zijn. Maar het is zo goed als verplicht, zoals je verplicht bent om een telefoon en een mailadres te hebben. Maar waarom?

Ik heb in een balorige bui eens een sollicitatiebrief, zo'n papieren, gestuurd naar een bedrijf waar ik wel wilde werken. In mijn cv had ik geen mailadres en geen telefoonnummer gezet. Wel de vermelding dat ik beide niet heb. 'Gek genoeg' heb ik nooit meer wat van het bedrijf vernomen, totdat ik jaren later van een vriend hoorde die daar tijdelijk via een uitzendbureau werkte, als zwaar onderbetaalde invalkracht met meer voeten buiten dan binnen de deur van de organisatie dat mijn brief ter motivatie van de werknemers in de kantine hing om de mensen die daar al werkten erop te wijzen hoe het niet moest. Ze hadden me namelijk destijds dolgraag aangenomen maar omdat ik niet of te moeilijk te bereiken was, hadden ze maar iemand anders aangenomen. Heel even had ik, toen ik dit van die vriend hoorde, overwogen om langs te gaan bij het bedrijf, maar ik ben blij, zeker achteraf, dat ik dat nooit gedaan heb.

"Omdat het niets uitmaakt," zeg ik tegen die vriend.

"Wat?" zegt hij verbaasd en ik besef dat ik het eerste gedeelte van het gesprek in mijn hoofd heb gevoerd, zoals ik wel vaker placht te doen.

“Niks, laat maar,” en terwijl ik me weer eens lullig voel omdat ik weer eens veel te vaag ben, bestel ik, misschien uit een vreemd soort schuldgevoel, nog vier bier bij Carlos, die dat met gepaste tegenzin, die ik Saudade noem, waar een Portugees dan vindt dat hij iets anders bedoelt, doet, want hij was net op zijn stoel gaan zitten, shirt over zijn borsten heengetrokken, omdat het weer eens bloedheet is en ik dus zou willen zeggen dat we daarom meer bier willen, maar daarvoor is mijn Portugees nog steeds te beperkt.

Als hij de bieren op het wankele tafeltje heeft gezet, nou ja, dat tafeltje is op zich niet wankel, maar op de schattige keitjes waar Lissabon vol mee ligt, staat alles mank, rammelt Carlos wat met een sleutelbos en nadat hij wat heeft rond staan staren, stapt hij in zijn auto, want de tijd is gekomen om die maar eens te verplaatsen, van de ene kant van de straat naar de overkant. Waarom? Geen idee, omdat het kan, dat wil zeggen, zou moeten kunnen. Carlos is een man van deze buurt met nauwe straatjes en behendig kronkelt hij zijn auto tussen de auto’s uit en vlot crosst hij een stukje de licht aflopende straat in. Zonder dat de auto helemaal tot stilstand komt, heeft hij het kneuterige rode bakkie alweer in zijn achteruit staan en soepel steekt hij hem achteruit in.

In de paar minuten dat Carlos voor ons bier ging halen, heeft een buurman de motor van Carlos die aan de overkant stond, een klein stukje, echt millimeterwerk, naar voren verplaatst, omdat hij met de buggy van zijn baby zijn huis niet uit kon. Carlos heeft dit natuurlijk gemist en hoewel hij soepel achteruit inparkeert rijdt hij net iets te hard tegen zijn eigen motor aan en onze waarschuwingen in verschillende talen mist hij volledig, waarschijnlijk omdat hij één of andere kutplaat veel te hard aan heeft staan in zijn auto. De motor valt om en beide spiegels breken af.

Carlos stapt rustig uit en kijkt even. Dan loopt hij terug naar zijn auto. En weer terug naar de motor, alsof hij denkt dat het niet echt gebeurd is. Het kan gewoon niet. Het klopte wat hij deed. Hoe kan die motor in godsnaam omvallen? Hoe kan die motor niet meer precies staan waar hij stond? En hij begint als een waanzinnige te schelden op alles en iedereen, zonder daar op enige wijze fysiek agressief bij te worden of daadwerkelijk iemand aan te spreken, het soort verwensingen waarvan ik denk dat ze aan een of andere god gericht zijn en dat is het enige positieve puntje waar het wat mij betreft de godsdiensten betreft.

Ian Curtains neemt een slokje van zijn bier en probeert vervolgens in half Engels en half Portugees uit te leggen dat de buurman de motor heeft verplaatst. Maar Carlos spreekt niet eens half Engels, alleen Portugees en de drie woorden Engels dan wel Amerikaans-Engels die voor een uitbater van een cafeetje van niks noodwendig zijn. Yes. Bill. Okay.

Wij kijken het tafereeltje nog even aan, in onszelf lachend om de stommiteit, de portugesiteit zou ik willen zeggen van Carlos, maar vinden het lullig voor hem om het echt uit te schateren dus spelen we een vreemd spelletje met hem, dat we het sneu voor hem vinden, daar heeft je lichaam en vooral je gezicht dan best wat trucs voor. Gelukkig want dat uitleggen met slechts de beschikking over de woorden ‘yes’ en ‘bill’ en ‘okay’ komt mij voor als toch knap lastig.

Gelukkig voor iedereen heeft Ian Curtains een anekdote klaarliggen die ons de kans geeft om te bulderen van het lachen zonder dat Carlos zich aangesproken hoeft te voelen. Ik had de anekdote al eens gehoord, maar die vriend van me niet en het blijft een anekdote die je best vaker kunt horen.

“Een paar weken geleden was ik bezig geweest om wat kleine dingen aan mijn Citroën type Snoek, koosnaampje BB, te verbeteren. Ook hier in de straat. Ik had de deur open staan en op een bepaald moment kwam er een auto aan en zoals je kunt zien kan een auto hier wel rijden, maar dan moeten wel alle spiegels ingeklapt zijn en alle portieren moeten zeker dicht zijn. Dus ik deed de deur snel dicht en stapte van het rijgedeelte van de straat op het stukje straat voor mijn auto om die gast voorbij te laten gaan. En ik weet niet wat er gebeurde, maar op het moment dat de auto net naast mijn BB rijdt, komt die ook in beweging en ik sta klem tussen twee auto's en een muur en de enige escape zou zijn om voor die passerende auto te springen. Het was secondewerk en ik maakte duidelijk de verkeerde beslissing door geen beslissing te nemen en zo werd ik aangereden door mijn eigen auto. Man, man, wat een fucking dickhead ben ik ook."

We lachen en van lachen word je dorstig dus bestellen we nog een pils. Het is immers al ruim na het middaguur dus dat kan prima.

"Weet je wat ook een keer gebeurde. Ook met deze auto. Ik had op een feestje gedraaid in de Algarve en op de terugweg naar Lisboa reed ik door de heuvels van de Alentejo. Ergens halverwege hoor ik een geluidje als ik een heuvel oprijd, maar ik schenk er weinig aandacht aan. BB heeft wel vaker last van kreuntjes en steuntjes, dat krijg je met zo'n oude bak. Bovenop de heuvel is het geluid al weer weg en ik denk, mooi, niets aan de hand, zie je wel. Als ik vervolgens de heuvel afrijd naar beneden zie ik opeens dat ik over de vluchtstrook wordt ingehaald door een wiel. Ik heb nog steeds niets door, want de auto rijdt prima. Het gaat weer om seconden en dan realiseer ik me pas dat het mijn rechtervoorwiel is dat voor me uitsnelt, sneller en sneller en op een bepaald moment ook vervaarlijk stuiterend. Shit, man, what the fuck! Ik rem en probeer zonder al te veel te sturen de auto tot stilstand te krijgen terwijl mijn rechtervoorwiel meer en meer afstand van me neemt. Als ik eenmaal stil sta is de band al honderden meters verder. Ik blijf hem volgen en schrik als ik zie dat hij de weg af dreigt te raken een boomgaard in. Snel stap ik uit en begin de heuvel af te sprinten om het wiel maar in mijn vizier te houden. Uiteindelijk, terwijl ik puf als een malle van het sprintje dat ik trok, ploft het wiel opeens neer, alsof het ook geen zin meer heeft in deze achtervolging. Als ik achterom kijk naar BB zie ik pas hoever ik van haar verwijderd ben en hoewel ik ergens denk aan de mazzel die ik heb gehad, denk ik vooral ook aan de helse tocht terug. En dan nog dat wiel moeten terugplaatsen. Fuck me, man, the story of my fucking life. I'm such a dickhead!"

"I'd woken up early, and I took a long time getting ready to exist."
- Fernando Pessoa, The Book of Disquiet

Capítulo III:

Feira da Ladra

Aan zijn afgeragde en doorgesnoven kop zie ik dat de avond van João gisteren of eerder later en dus vanochtend eigenlijk niet tegelijk met de onze opgehouden is. Zijn haar is vet en zou menig prutser bij een cosmetica bedrijf waar ze out-of-bed gel verkopen stinkend jaloers maken, zeker als ze zoals ik kort daarna vernam wisten dat hij helemaal niet naar bed was geweest, maar vanuit de club waar wij waren geëindigd en hij blijkbaar niet, nog even had doorgehaald in een kroeg en op een plein om vervolgens linea recta naar de rommelmarkt achter het Panteão te hobbelen.

We hadden João, die weer een andere João is dan de João van de kroeg en ook een andere dan de João van het levenskunstwerk, daar gisteren achtergelaten terwijl hij opzichtig onder de tafel het meisje naast hem aan het vingeren was. Dat wil zeggen, dat vingeren geschiedde tussen de verscheidene tripjes naar de wc door. Die momenten staarde zij in het luchtledige alsof er verder niet zoveel aan de hand was. En dat was er eigenlijk ook niet.

Er was een feestje in de club en tussendoor waren wij even naar de overkant geweest waar klokslag drie uur des nachts de zogenoemde Three o'Clock Stripper haar werk deed. Tien minuten dansen en strippen. Wow, dat zijn nog eens bizarre werktijden. Hopeloze toeristen werden het podium opgetrokken om de aandacht van haar imposante gestalte en dat bedoel ik in deze niet positief, af te leiden. Omdat de lauwe pils in veel te kleine plastic bekers veel te duur was en vooral ook niet te zuipen, gingen we na enkele minuten weer terug naar het feestje.

Er was weer wat volk bijgekomen en de pils in de voorgekoelde glaasjes smaakte veel beter en hoewel er geen tieten uit bh-tjes getoverd werden, waarde er een onbezonnen schrale scheurlucht op zo'n meter van de vloer rond in de tent.

Gelukkig was de vloer hier tenminste gedweild. Dat was bij het vorige feestje in de Fontoria, wederom zo'n striptent uit vergane gloriedagen, wel anders. Daar was ik blij dat ik mijn slippers niet meer aanhad, want die was ik zeker kwijtgeraakt, maar ook voor mijn sportschoenen moest ik vrezen. Het is dat de muziek redelijk hard stond, maar anders had ik een onvervalst zuigen van schoenen op een vloer van dubbelzijdig kleefband gehoord.

Maar dat was nog niet alles. Het was niet alleen de vloer die sinds de jaren zeventig niet meer geboend was, ook de plee was te goor voor woorden. Soms denk ik dat ik als man blij mag zijn dat ik kan blijven staan en van een afstandje kan zeiken, maar dat afstandje was hier schier onoverbrugbaar en zo sleepte ik als iedere andere man hier het merendeel van de zeik mee terug de tent in om daar bovenop de aanwezige stroperige klefheid te blijven plakken.

De enige manier om een avond dan door te komen is ongans veel te zuipen en dan valt het allemaal wel mee, maar ook de leidingen van de tap zijn al jaren niet meer doorgespoeld waardoor er een soort van klodders sperma in ons bier rond lijken te drijven, waardoor het kleine plastic bekertje, zeker in het rode disco licht, doet denken aan een kapotte lavalamp.

Op de markt groeten we João en hij lacht ons besmuikt toe. Of we wat stuff van hem willen? "Nee gast, laat maar zitten, we zitten nog even in de koffie modus." Ook João is een jongen van de buurt. Op zaterdag en soms ook op dinsdag verkoopt hij oude meuk op de vlooienmarkt en van dat geld leeft hij. Daarnaast is hij inmiddels ook zo ver dat hij ontdekt heeft dat hij voor veel poen zijn appartement kan verhuren aan toeristen. Alleen moet hij dan soms een meisje vingeren om zelf ergens te kunnen slapen. De wereld is zo makkelijk als je hem zelf maakt.

“Everything interests me, but nothing holds me.”

- Fernando Pessoa, The Book of Disquiet

Capítulo IV:

O outro lado

Je zou kunnen denken dat het uiteindelijk allemaal slechts een kwestie is van de juiste dosering alcohol en dat het daar om draait. Dat is ook zo, maar het is met name het beoogde effect van die alcohol en de daarmee samenhangende dosering. Glazen of flessen drank zijn niet meer dan het vervoersmiddel van een gelukkigere geest, die niet zozeer verruimd wordt, tenzij het middels de verhalen geschiedt die een ieder honderduit aan het oprakelen is. Het is eerder een vernauwing die ontstaat door de brute uitschakeling van verfomfaaide frommels die blijkbaar dolgraag samengeklonterd rond banjeren in onze hoofden. Nu we die lamgelegd hebben, kunnen we verder raaskallen als maniakale wezens die op het randje van 'het menselijke zijn' balanceren. Zieltogend in de ogen van de ons inziens sombere zombies van de samenleving zetten we onze glazen resoluut op één van de immer wankele terrastafeltjes, om de toch wel ietwat flauwe reden dat je dat onmogelijk op twee tafeltjes tegelijk kunt doen.

Dat gezegd hebbende denk ik, “maar niet als je Portugees bent”. We zijn er allang achter dat niet voetballen volkssport nummer 1 is, nee, dat is terrasje verbouwen en dat gaat zo. Je komt ergens aan met een groep en daar is een terras neergezet, maar een klein detail in de opstelling bevalt je niet en daarom ga je, waarschijnlijk genetisch bepaald of op zijn minst instinctief vanuit je Portugees zijn als een bezetene het hele terras verbouwen, waarbij je als een drieste stier geen enkel oog meer hebt voor je medemens, waarbij er misschien links of rechts nog wel een klein ‘desculpe’ waar te nemen valt, maar over het algemeen zal er meer bloed en bagger in de rondte vliegen dan in menig *slashermovie* uit de jaren tachtig van de twintigste eeuw. Zachtzinnig is de gemiddelde Portugees misschien in bed of als het gaat om het bakken van lekkere zoete taartjes, maar verder, nee, botte horken die als ze dan eindelijk zo ver zijn dat ze het terras verbouwd hebben, besluiten om iets anders te gaan doen dan op dat terras zitten.

Wij hebben alle drankjes op dat wankele tafeltje geplaatst. Wij slaan dit soort in onze waarneming onzinnige gedragingen gade en lachen erom. Heerlijk volk. Zoals overal is ergens vertoeven ook hier voor een gedeelte vitten op de plek waar je bent. En als je vit, kun je daar iets mee doen en zo besluiten we vandaag dat het gezien de zon, het zuchtje wind en de doodsimpele reden dat we toch niets beters te doen hebben om naar de overkant te gaan en dat is niet 'The Other Side' van Jim Morrisson waar je naartoe kunt als je door iets onzichtbaars heen breekt, want volgens mij heeft James dat nooit echt gespecificeerd die andere kant en dat doorbreken van iets, maar van wat nu eigenlijk?

Wij breken de dag slechts door, door de heuvel van Alfama af te sjokken en langs het water richting Cais do Sodré te gaan, waar we de pont zullen nemen naar de overkant, naar Cacilhas. We sjokken langs visrestaurants, lamballende taxichauffeurs, toeristen met reisboeken in de aanslag om te zien waar ze naar kijken als ze iets zien, zodat ze waar nodig met een telefoon in de selfiestick geklikt plaatjes kunnen schieten van die keer dat ze daar waren, waar ze later over kunnen teruglezen wat het precies was, als ze moe maar voldaan op hun hotelbedje ploffen en langs regeringsgebouwen, waar de Portugese prutsers weer plannen bekokstoven waarvan je weet dat de uitvoering *'alla Portuegese'* zal zijn en hoe dat werkt, wil ik later misschien nog wel uitleggen, nu zijn we slechts aan het slenteren langs de Taag.

Het heeft wel iets vind ik, steden met voetveren. Het haalt de vaart uit de bewegingen van de mensen, van A naar B is het voor iedereen even niets. Je kunt wel een boek lezen, of een krant of naar het schermpje van je telefoon staren of een gesprekje voeren met iemand die ook van A naar B gaat, maar bovenal is het even niets, een stilstand die je toch voortbeweegt.

Aan de overkant wringen we ons door de meute die de andere kant op wil en langs de overvolle en waarschijnlijk al talloze keren geherstructureerde terrasjes waar geluncht wordt. We hebben nog niet zo lang geleden ons ontbijt op en zodoende zwalken we langs de waterkant waar vissertjes dikke sardienen uit de rivier vissen naar het grasveldje aan de voet van de kelder van de sokkel van het Jezusbeeld waar je als je daar behoefte aan hebt, met een lift naartoe kunt. Daar zitten we een tijd, kijkend naar de stad en de overkant, waar je soms flarden van de bedrijvigheid van opvangt als de wind uit het noordoosten komt.

Als we uitgezeten zijn, hobbelen we terug richting pont met een tussenstop bij één van de twee cafés die er op dit punt, Ponte Final, zijn. Daar zitten we dan nog een uurtje of wat met een paar voorgekoelde fluitjes tot de tijd daar is om weer terug te keren naar de rompslomp van de urbane uitspanningen, waarbij we doorhebben dat het tijdstip waarop wij nu wat willen nuttigen bijzonder slecht gekozen is, omdat de lunch voorbij is en het avondeten nog lang niet opgediend zal worden. Toch vinden we altijd wel een plek waar we naast het volgende biertje iets minder vloeibaars tot ons kunnen nemen.

Magisch is vervolgens het moment waarop we verder zwalken door deze stad waarin iedereen zich inmiddels heeft overgegeven aan de mannen en vrouwen die je restaurants in proberen te lullen met afzichtelijke menukaarten met foto's van gerechten, die waarschijnlijk nog best te pruimen zijn, maar nooit achter een plastic insteekhoes in een klapper die het oranjerode schijnsel van de straatlantaarns op zo'n manier weerkaatst dat je niet veel meer ziet dan vlekken die zelfs de ongeboren kroost van de voorbij schuifelende geldbuidel gnoes slechts zelden zullen imponeren.

Het zijn professionals, die mannen en vrouwen met menukaarten. Doorgaans laten ze ons met rust, omdat ze ook wel weten dat er aan ons niet veel te verdienen valt. Soms vergissen ze zich en hebben ze onze fysieke nabijheid aan zo'n plukje plebs fout ingeschat, waardoor ze ons aanspreken als leider van die troep trekpleisterpiraten, maar zodra ze de fout inzien, volgt al snel een grap, die meestal niet heel erg grappig is, maar altijd nog beter dan gevangen worden op een van deze terrassen. Vaak is zo'n grap niet meer dan een aangever voor het volgende mannetje op de hoek, dat ons een als schoenzool vermomde brok taaischuim probeert aan te smeren middels een razendsnel uitgesproken 'kokasjisjwiet'. Ons antwoord behelst daarop altijd iets met 'João' en dat we wel naar hem toe gaan voor goede shit, wat niet eens gelogen is, maar daarmee is deze standaardkous van een avondje Bairro Alto wel af.

We glippen wat straatjes en steegjes door en zijn precies op tijd bij de Indie Bar. Precies op tijd, dat wil zeggen, als de volgende Carlos zijn tentje al heeft opengegooid, wat niet altijd het geval is. Precies op tijd voordat de meute 'shot-toeristen' die kroegentochten doet het tentje voor een kwartiertje overneemt en laat dat het kwartiertje zijn waarin je drank wilde bestellen. Sta je daar, met je goede gedrag te wachten op van die schlempers die menen een gratis shot te krijgen, gratis binnen het pakket van een algemene drankprijs tijdens zo'n tocht, wat in het algemeen inhoudt dat iedereen er wat aan verdient, behalve uiteindelijk Carlos, die vooral met het gezeik zit, dat zijn gewone klanten niets kunnen bestellen, omdat die types voor zijn bar blijven hangen totdat ze ontboden worden om in de volgende kroeg hetzelfde te gaan doen. En dat is niet zo erg natuurlijk, maar dat is wel waarom ze naar hem komen. Bier drinken kun je overal, bier drinken in de Indie Bar kun je alleen in de Indie Bar, of voor de deur op het pleintje, maar dan zit je weer gebonden aan van die plastic bekertjes en hier binnen zijn de glazen van glas. Zoals het hoort zou ik bijna zeggen, maar dat is normaal gesproken een zin die ik aan anderen laat.

Alsof Carlos een koek- en zopietent runt naast de stempelpost van Bartlehiem tijdens de elfstedentocht, mag hij de drankjes afstempelen en dan krijgt hij een bedrag van de organisator dat ongeveer gelijkstaat aan twee biertjes van een euro, wetende dat hij in dat kwartier ook makkelijk vier of als hij heel eerlijk is tien biertjes van een euro had kunnen slijten, als zijn reguliere clientèle de bar tenminste had kunnen bereiken. Dit volk bestaat uit niet meer dan rampzalige toeristen die onder de dekmantel van de kudde kortingscouponknippers die ze zijn meer slopen dan kopen, waarbij ze zich in veel gevallen ook nog rechten toe eigenen vanuit het idee dat ze ergens toch voor betaald hebben.
Carlos, de goedgelovige malloot, die eigenlijk alleen maar een kroegje runt om zijn favoriete *indie plaatjes* te kunnen draaien voor anderen,

is met open ogen in de beloofde eurodollars getrapt die de schare schuinsmarcheerders zou gaan uitgeven, maar zij houden de vingers stevig op de knip, omdat ze menen al betaald te hebben.

Van de overige euro's van het bedrag dat de bende heeft betaald verdwijnt uiteindelijk een evenredig deel van twee euro in de toch al uitpuilende zakken van het colbert met de achterlijke epauletten van de directeur van het overkoepelende bedrijf dat dit soort toertjes opzet.

Carlos haalt zijn schouders op, moppert wat en gaat verder met waar hij voor gekomen was en zet een snerpende plaat op, waarmee hij zo goed als zeker bereikt wat hij wil, dat de menigte uiteenspat en zich op het pleintje hergroepeert om elders een volgende eigenaar tot bloedens toe uit te knijpen als een etterende puist op het pokdalige gezicht van een nog jonge Herman Brusselmans, die zich er nog niet van bewust is dat in de toekomst zijn enige manier om ooit vrouwen nog het bed in te krijgen zal moeten geschieden met het geschreven woord, als je brute kracht tenminste niet mee laten dingen naar deze eer, zo'n puist die al dagen over de datum is.

Ik recht mijn rug en staar voor de zoveelste keer deze avond in het decolleté van Pamela Anderson. Televisies in kroegen, ik zal er wel nooit helemaal aan wennen, zeker niet als er de hele avond een dvd opstaat die in lusmodus wordt afgespeeld, tieten, of geen tieten.

"Everything around me is evaporating. My whole life, my memories, my imagination and its contents, my personality – it's all evaporating. I continuously feel that I was someone else, that I felt something else, that I thought something else. What I'm attending here is a show with another set. And the show I'm attending is myself."

- Fernando Pessoa, The Book of Disquiet

Capítulo V:

Nós falamos sobre tudo

Het lijkt niemand echt te verbazen als we de volgende ochtend om een uur of 1 in de middag alweer met een flinke groep op het terras van Bar Zagalo aan onze tweede pils van de dag zitten. We hadden eerst nog wel een koffie of twee gedronken, maar die derde zat er vandaag niet in en daarom gingen we over op de smaak bier. De ijscoman van een huizenblok verderop in de engte die je nauwelijks straat mag noemen zit een berg vlees, rijst en patat weg te werken. Hij is vast opgestaan op het moment dat wij onze hoofden te ruste legden. Een vriendin van Curtains, typetje model met een duistere kwinkslag, is aangeschoven en Maria P. die nergens van verdacht wordt, maar toch deze naam draagt, de buurvrouw van Bar Zagalo zit er en binnen, terwijl de radio en tv een wedstrijdje simultaan roddelen uitvechten, pruttelen enorme pannen en potten op het vuur, alsof Carlos en zijn vrouwen vandaag een cruiseschip met gasten verwachten. Dat is niet eens zo dom gedacht, want het cruiseschip dat ze verwachten ligt enkele tientallen meters van hun cafeetje verwijdert aan de kade. Maar de gasten die daarop zitten, zijn niet naar Lissabon gekomen om ook maar iets bovenop het all-inclusive ticket voor de cruise uit te geven, dus na een vliegensvlugge ronde onder begeleiding van een van de entertainmentmeisjes van het schip, zijn die alweer naar het dek vertrokken waarop ze onbeperkt kunnen vreten en zuipen. Niet dat Carlos iets aan ons heeft wat dat eten betreft, want wij zuipen alleen en eten soms iets kleins. Het lijkt hem uiteindelijk niet te deren. Hij trekt zijn t-shirt weer over zijn tieten en zucht. De zon brandt fel. Het is heet.

We hebben het er wel eens over, als we het niet meer alleen over het heden kunnen hebben, hoewel we dan uiteindelijk toch ook over het heden praten. Dat Carlos niets aan ons heeft, maar daar staat tegenover dat als wij daar niet zitten, al die toeristen waar hij wel geld aan kan verdienen ook niet op dat idiote terrasje van hem gaan zitten in dat straatje van niks, dat eerder een steegje is, maar aangezien je in Lissabon nog twee nauwere varianten op het idee van een weg hebt, te weten de iets nauwere steeg waar nog net een auto door kan en de steegjes waar je alleen kunt lopen, van rua naar travessa naar beco. Dat wij de talen die de anderen spreken wel spreken en we als eenzijdige tolken tussen hem en de rest van de wereld staan. Als je weet wat je van elkaar wilt is communiceren niet zo moeilijk. Zo kun je een vrouw versieren zonder een woord uit te wisselen. Waarom zou je ook als je wilt neuken? Waarom zou je ook als je bier wilt? Waarom zou je ook als je honger hebt en je met je vingers kunt wijzen naar plaatjes, zoals je voor het laatst deed toen je je eerste woordjes leerde op de kleuterschool?

Carlos flikkert bijna achterover van zijn stoel. “Je moet niet wippen,” hoor ik juffrouw Helmink nagalmen in mijn hoofd. Juffrouw Helmink was mijn juf op de lagere school, zesde klas – volgend jaar naar de middelbare school, wat ongekend spannend was, omdat ik dacht dat ik daar echt wat ging leren. Toen ik dat jaar later in de brugklas zat te pieperen, stierf juffrouw Helmink voor de klas op zo’n manier dat je denkt dat het alleen maar in een film gebeurt, terwijl ze op het leistenen schoolbord met een krijtje een woord aan het opschrijven was en ineen zakte waardoor het krijtje een dramatische streep op het bord achterliet.

Carlos weet zich net op tijd ter voorkoming van een ongekende smak weer vlot te trekken, met dank aan de zwaartekracht, die als je hem goed benut een prima metgezel kan zijn in dit soort hachelijke situaties. Hij moppert wat over de kutsteentjes in deze stad en hoewel we de taal dan wel niet machtig zijn, begrijpen we dondersgoed dat hij daarna bazelt over regen en oude vrouwtjes en mompel mompel mompel over wat hij maar op zijn hart heeft, zoals zijn tong.

Er zijn twee vrienden uit Parijs aangeschoven. Amateurs die al uren door een veel te hete stad hebben geslenterd omdat ze dingen wilden zien. Wij zien die ook. Maar wel op zo'n manier dat je in de schaduw van alle huizenblokken vertoeft, in de walm van de sardientjes die door het veel te vette neefje van Carlos gegrild worden op de barbecue die hij naast het fonteintje op het pietepeuterige pleintje aan het einde van de straat die eigenlijk een steeg is, heeft opgesteld. Midden in de stad. Heerlijk.

Eén van de twee vrienden uit Parijs was als bezoeker aanwezig bij het concert van The Eagles of Death Metal in de Bataclan toen daar een stelletje nitwits het vuur openden op iedereen die bewoog. Voor mij is het een niet voor te stellen ervaring, want de kogels die ik ooit drie straten verderop afgevuurd hoorde worden, hadden al zo'n impact dat ik me niet kan voorstellen hoe het moet zijn geweest om daar tussen te staan, geen kant op te kunnen, maar toch te gaan. Een ervaring, een angst waar je nooit meer vanaf komt, die je altijd bij je zult dragen en die zelfs in het gekakel op het terras zo nu en dan raken aan het zoveelste onzinnige onderwerp dat we bespreken, ook als daar geen enkel direct raakvlak mee is. De losse flodders waar we zo bedreven in zijn geraakt, omdat we na benepen en beduimelde jaren van noeste arbeid weer zeeën van tijd hebben, waarin we nog steeds van alles doen, maar waar we vooral hebben gemerkt dat tijd een kostbaar goed is, tijd die we in de voorbije jaren zo vaak hebben weggegeven of op zijn best ingeruild voor geld, dat we wel moesten hebben, omdat de basis van het leven al zo duur is of was, zelfs voor mensen zoals wij die bijzonder weinig op hebben met het 'luxe' bestaan.

We zijn overigens in goed gezelschap hier op het terrasje van Bar Zagalo. Niet vandaag, maar een andere keer zat Pete Doherty van The Libertines en Baby Shambles hier te lurken aan een fluitje, waar hij waarschijnlijk bier tegen had gezegd en Carlos 'Impérial'.

Curtains heeft jaren in de styling gewerkt voor videoclips en dat soort flauwekul en zodoende heeft hij behoorlijk wat beroemdheden ontmoet, die hij ook met enige regelmaat nog wel treft als zij op bezoek zijn in Lissabon. Doorgaans bellen ze op en wordt er bier gedronken.

Het is nog vroeg, tegen vijven, als de verkoeling van de zee via de rivier over het land trekt. We verkassen naar de Miradouro de Graça, een wandeling van tien minuten, heuvel op. Onder de bomen zien we de zon langzaam uit beeld verdwijnen en tegen die tijd hebben er al drie duiven op me gekakt. De eerste raakte mijn voorhoofd met een voltreffer, waarna de ober kwam aangesneld met een stapel tissues. De tweede raakte mijn arm en bij de derde kwak die naar beneden kwam, was Olga net op tijd met een schrikreactie waardoor ik ook opzij schoof en er slechts van het tafeltje opgespatte secundaire schijt op mijn kleren terecht kwam. We lachen ons suf en blijven zitten, wat dat betreft zijn we te relaxed. Om ons heen hebben mensen al foeterend de benen genomen, want zij worden liever niet onder gescheten. Ik ook niet. Wij ook niet. Maar voor ons is het geen simpele optelsom. We zitten ook te genieten van het uitzicht en de biertjes. Dus blijven we zitten.

Als rond dit uur de alcohol de lippen wat losser heeft gemaakt, worden de verhalen sterker. Niet dat ik vind dat ik al die verhalen hier te berde moet brengen. Sommige dingen gebeuren alleen in het heden en dat heden is op papier altijd een verleden. Waar het om gaat, is het gevoel.

Niet veel later zitten we op de binnenplaats van de clownacademie, waar de poen voor de school onder andere wordt verdiend met het runnen van een restaurant te wachten op een maaltijd als ons oog valt op het gebouw dat in de avond het iets chiquere restaurant van het complex is. Er is een trap die leidt naar een grote deur, die openstaat. Boven de deur zijn twee stippen geschilderd, wat waarschijnlijk iets van doen heeft met de opleiding tot clown die men hier kan genieten. Daar weer boven zijn er twee grote ramen met een afdakje boven elk. Vanaf de plek op de binnenplaats waar wij zitten, hangt er een tak van een boom op de hoogte net boven die twee ramen. We kijken er naar.

"Have you ever seen that website with 'things that look like Hitler'?" vraag ik Curtains.

"What?"

"Look behind you."

Hij draait zich om, kijkt en dan hoor ik hem denken "zei hij nou 'things that look like Hitler'",
waarna hij zich krom lacht, een foto maakt, die hij vanavond aan iedereen gaat laten zien, om

erachter te komen dat die foto niet weergeeft wat we nu zien.
Zo is het met alles.

"We never love anyone. What we love is the idea we have of someone. It's our own concept – our own selves – that we love."
- Fernando Pessoa, The Book of Disquiet

Capítulo VI:

Nós falamos sobre amor

In gedachten ben ik op haar afgestapt. In het echt ging ik bier halen. In gedachten ging ik resoluut naast haar staan. In het echt wurmde ik me tussen twee gasten door om in een houding, waar je bij yoga punten mee zou kunnen verdienen als het daar om de punten zou gaan, te gaan staan die je met een beetje goede wil misschien nog wel krampachtig zou kunnen noemen. In gedachten kwam er een zoetgevooisde zin uit mijn mond die zo wonderschoon is dat er zelfs priesters binnen de katholieke kerk zo door ontroerd zouden raken dat ze zich omwille van de hun verwijtbare schuld ten aanzien van het misbruik van kinderen, met name jongens, het eigen hoofd zouden afhakken met een machete waar nog druppels stroperig bloed op zaten van het kopje van hun geslacht waar ze in deze eens een alternatieve hand aan hadden geslagen. In het echt kom ik niet eens uit de zin die ik zojuist schreef, omdat ik ook wel weet dat dit niet de manier is om het te zeggen en zo bestel ik gelukkig nog wel het bier waarvoor ik kwam, maar ik heb haar zeer zeker niet kunnen imponeren. In gedachten heeft mijn zin haar zo geraakt dat ze haar ogen niet meer van me kan afwenden. In het echt knikt ze naar een vriendin en zegt iets terwijl ze met haar hoofd doorknikt in mijn richting, zo van 'hij daar, die eikel, die fucking twisted knobhead. In gedachten vervliegt iedereen in de ruimte tot een wazige schim van zichzelf, waardoor zij en ik vrij spel hebben. In het echt zit ik al een route uit te stippelen naar het toilet, een route die zo vernuftig in elkaar steekt dat er geen moment sprake van kan zijn dat ik haar kant op beweeg. En ik kan je vertellen, dat is in een kleine ruimte zoals deze kroeg niet makkelijk. In gedachten lijken we naar elkaar toe te zweven. In het echt blijkt de route toch niet zo vernuftig als ik dacht, met name omdat ik de binnengestormde meute van de Jack Daniels tour over het hoofd heb gezien en ik vol in de derrière van een voluptueuze Amerikaanse die eigenlijk gewoon te vet is klets met een door de hoeveelheid drank ietwat stijf geworden pik, die wellicht ook van al die gedachten die ik continue heb al wat aan de harde kant was. Of het deert haar niet. Of ze voelt het domweg niet. In gedachten zijn we elkaar genaderd tot op enkele millimeters. In het echt is ze in een onzinnig gesprek verwikkeld geraakt met haar vriendin. In gedachten schuifelen we op zogeheten romantische muziek van een strijkkwartet door de ruimte die de proporties heeft aangenomen van een enorme balzaal in één of ander voormalig kasteel van een vorst die zich met brute kracht heeft voorzien van al deze rijkdom. In het echt kan de deur van de plee niet op slot en zo komt er tot drie keer toe een Amerikaan met een baseballpet binnen die zich tot drie keer toe wel verexcuseert, maar beter had hij kunnen nadenken over het feit dat ik die plee nog niet verlaten had. Het gevolg is dat ik me opgejaagd voel en nog niet helemaal uitgezeken ben als ik mijn piemel weer terug prop in mijn broek en ik voel hoe de druppels langs mijn boxershort en via mijn benen richting teenslippers gaan. Ik doe maar of er niets aan de hand is en keer terug naar mijn gezelschap.

De Fransman die niet bij de aanslag op de Bataclan was vertelt net een verhaal over een man die twee kwalen had, die elkaar danig in de weg zaten. Die man had een milde vorm van Tourette's syndroom, met de nodige tics en zo nu en dan een ongecontroleerd scheldwoord. Nu had deze man een ongeluk gehad. Hij had er zelf niets aan kunnen doen en het was dan ook echt een ongeluk geweest. Door dat ongeluk was hij in coma geraakt en enkele maanden lang had hij geen tic meer gehad en geen scheldwoord meer uit zijn strot geperst. De dokters dachten dat hij niet meer uit het coma zou ontwaken. Maar dat gebeurde toch. Enkele minuten later kwamen de tics weer terug en ook het schelden. Maar plots schelde de man in het Frans. 'Putain'. 'Putain'. En hij was Brit. En we weten hoe die met taal zijn, daarvan is er eigenlijk maar één, het Engels. De dokters stonden versteld. Naast het feit dat het ontwaken een klein wonder mag heten en het feit dat hij nog steeds Tourette's syndroom had, had hij door de klap op zijn hoofd bij het ongeluk ook het Foreign Accent Syndroom gekregen.

We weten allemaal niet hoe we hierop moeten reageren en daardoor is het even stil. En in gedachten ben ik weer in de balzaal en dans met haar. In het echt heeft Carlos net een plaat van MC5 opgezet en iedereen weet, zoals een Brit de suprematie van zijn eigen taal kent, dat je daarop niet kunt dansen. Althans geen foxtrot, wals of jive. Wat dat betreft is dansen een erg individuele expressie van een allerindividueelste emotie. Waarbij ik altijd moet denken aan Duitsland. Als ik daar vroeger optrad en mensen gingen dansen, leek iedereen iets anders te horen, andere maten, andere accenten, andere melodieën, andere beats. Tja, misschien is dat ook wel onder de noemer van een of ander syndroom te vangen. In gedachten zijn we dansend door de gangen richting een ander vertrek gegaan. Er staat een gigantisch bed. In het echt is het in de kroeg nog drukker geworden, omdat het na sluitingstijd is en we ingesloten zijn. In gedachten vallen de kleren vloeiend van ons af en spiernaakt staan we aan het voeteneind van het bed. In het echt zit iedereen binnen te paffen en zo staat het minuscule zaakje in no time blauw van de rook.

Ik zie een zwaaiende hand voor mijn gezicht en daarachter is het mistig. Ik moet inmiddels blaren op mijn voeten hebben van het dansen, of anders dan toch zeker blaren op mijn brein, want we zijn inmiddels ver voorbij sluitingstijd nog steeds in het kroegje waar het nu blauw staat van de rook. Ze willen gaan. Het is echt niet meer te doen hier binnen. Curtains weet nog wel een paar plekken waar we heen kunnen.

We lopen de Rua da Rosa af naar beneden. We zijn met een flinke groep mensen. Als ik naast me kijk, zie ik opeens dat ik naast haar loop. In het echt en ze zegt iets tegen me en ik zeg iets terug, hoewel ik besef dat ik met stomheid geslagen ben is er toch een mechanisme in me dat door kan gaan, zonder dat ik dat bewust meemaak.

Het is een redelijk lange straat de Rua da Rosa en we hebben alle tijd, dus gaat het niet snel. Maar ook in dit tempo komen we er wel. Als we bij de kroeg van Johnny zijn, ben ik haar alweer uit het oog verloren. Er zitten tientallen types op de trappen voor de kroeg van Johnny die tegen een steile heuvel is aangebouwd en de trappen voor zijn deur vormen zijn terras, totdat de politie komt en iedereen weer naar binnen moet. Een paar keer per week doet iedereen dit dansje.

In gedachten denk ik nog een keer aan haar en dat het prima is zoals het is, want zo is het, ook in het echt.

"When all by myself, I can think of all kinds of clever remarks, quick comebacks to what no one said, and flashes of witty sociability with nobody. But all of this vanishes when I face someone in the flesh: I lose my intelligence, I can no longer speak and after half an hour I just feel tired. Talking to people makes me feel like sleeping. Only my ghostly and imaginary friends, only the conversations I have in my dreams, are genuinely real and substantial."
- Fernando Pessoa

Capítulo VII:

O galo

Soms hoor ik mensen op straat zeggen dat ze 'de tijd vergeten zijn', maar je kunt de tijd helemaal niet vergeten, omdat de tijd er nooit is. En dat is meteen ook wat het altijd is. We kunnen er wel iets van maken, daar niet van, maar van zichzelf is het niets, want iets dat altijd nooit is, is niets. Zo is bijvoorbeeld 'een' ook onzin, je hebt 0 bier of 2 bier, maar nooit 1 bier, dan heb je gewoon 'bier'. Dat maakt het voor mij des te lastiger dat ze hier in Portugal, in die taal van ze, het Portugees, bijna altijd of misschien wel altijd een soort van lidwoord gebruiken als ze dingen beschrijven. 'Haan' is bijvoorbeeld 'o galo', dus eigenlijk een soort van 'de haan'. En ergens is dat ook wel logisch, want je eet niet 'een haan', je eet 'de haan', 'Ik eet de haan'. Waarmee je veel meer zegt over het daadwerkelijke dier dat je gaat verorberen, dan zomaar een willekeurig haantje, te weten 'een haan', 'Ik eet een haan'.

En natuurlijk haal ik hier het onbepaalde lidwoord en het telwoord door elkaar, maar dat lijkt me mijn goed recht. Soms moet je omwille van een heel ander punt eerst even wat quatsch uitslaan om dat punt van je te kunnen maken.

Met “My biggest cock-up,” is Curtains begonnen aan één van die talrijke anekdotes van hem en ik realiseer me dat ik de vertaling naar het Portugees niet weet van cock-up, maar dat ik wel weet dat ‘cock’ ‘o galo’ is, maar niet waar je in de Engelse taal doelt op de penis, als in ‘a massive cock, he usually referred to as ‘the empire state building of manhattan’, a remark that never made much sense to me, penetrated the fat girl’s vagina’. Het feit dat dat bepaald geen poëtische manier is om zoiets te zeggen, is nu juist de reden waarom het een poëtische manier is om het te zeggen.

En dan komt het. “You know this friend of mine, a musician, on one of his tours, right, was so knackered he’d decided to go to one of them massage parlours, one of them funny ones, right. So he entered the Thai massage parlour and got his back and legs done. When he turned over the lady masseuse asked him ‘do you want a happy ending?’ and he thought fuck it ‘Yes’, ‘YES’, ‘YES!!’. The lady went away and he waited a while. Then she came back and asked him ‘finished?’. En iedereen moest lachen om de anekdote, behalve ik.

Als er een stom accentje is gedaan en iedereen is uitgelachen kijk ik Curtains aan en zeg “Fuck dude, I told you that story, it’s a friend of mine whom this happened to”. Waarop hij zegt “Really?” en na enkele tellen schieten we allemaal keihard in de lach.

Tot ik nu besef dat ik dit verhaal al eens eerder heb opgeschreven in een ander boek van me. En eigenlijk stiekem weer een beetje lach.

"Man shouldn't be able to see his own face – there's nothing more sinister. Nature gave him the gift of not being able to see it, and of not being able to stare into his own eyes. Only in the water of rivers and ponds could he look at his face. And the very posture he had to assume was symbolic. He had to bend over, stoop down, to commit the ignominy of beholding himself. The inventor of the mirror poisoned the human heart."

- Fernando Pessoa

Capítulo VIII:

Jogue com as pessoas

We gaan verder met wat we deden. Bier drinken dus. Bij Carlos. Kut, die eikel is weer dicht. Dan maar weer om de hoek tegenover de straatkunstenaar João. Er is weer van alles bijgekomen en verdwenen in de Beco do Paraíso, maar hoewel ik dat wel zie kan ik niet zeggen wat er weg is en wat er bijgekomen is. Dat doet hij dan toch wel weer aardig, die João.

Bier dus en een plekkie op straat, zodat we wat om ons heen kunnen kijken en zelf bekeken kunnen worden door die toeristentypes die gewapend met een reisboekje en een flesje water, dat ze met een beetje pech iedere dag in het hotel bijvullen, omdat die paar centen betalen voor een ijskoude in één van de vele minimarktjes na alle andere uitgaven opeens te veel is. En zij zullen wel denken, wat zitten die slempers al proletarisch vroeg aan de pils.

"Nou mevrouwtje, het zit zo, het bevalt me eigenlijk wel zo. Ik doe de hele dag van alles en tegelijkertijd helemaal niks. Ik maak nog steeds dingen, ik eet, ik drink, ik pies en ik schijt, ik neuk, ik drink, of had ik dat al gezegd en loop en rijd en zit en wacht, hoewel dat laatste tegenwoordig steeds zeldzamer wordt nu ik niet meer in tijd handel, maar slechts in de dingen die ik maak en wat iemand er voor geven wil. En daarin herken ik dan ook de mensen, in wat ze iets waard vinden. Daarin is dit ras simpel onder te verdelen in twee groepen en niet drie. Een groep die wat mij betreft teveel geeft en een groep die te weinig geeft. Er is geen middengroep die het precies goed doet, want dat is hoe het systeem met geld werkt, er is geen 'correct' midden, waarbij je correct mag zien als juist of exact. Zoals je bij voetbal een middellijn hebt en twee helften, heb je dat hier niet."

De vrouw op straat hoeft nog net niet de klodders spuug die ik tijdens het fulmineren mijn bakkus uit zag vliegen van haar gezicht te vegen, maar ze staat toch aardig te bibberen op haar benen, van de schrik en van een shot adrenaline. Ik kijk nog eens naar het reisboekje dat ze bij zich draagt.
"Quoi?" zegt ze, vrij luid, maar niet agressief. En nog eens "Quoi?"

Nu ben ik degene die verbijsterd is. Ik ben nog aan het bijkomen van het feit dat ik niet zoals ik eerst dacht in gedachten dit wijf de huid had vol geblèrd, maar dat ik dat echt had gedaan. Daarnaast begreep ik niet wat een Franse vrouw doet met een Nederlands reisboek en dus zeg ik even hard als voorheen "C'est quoi ça, ce livre?" en als ze me niet lijkt te begrijpen "Pourquoi c'est en Néerlandais?" waarbij de steenkolen een ieder om de oren lijken te vliegen.

"Ah," zegt ze en ze lacht, ze pakt mijn arm vast en legt uit dat ze hardhorend is en dat ze in de winkel in België waar ze dit boekje gekocht had niet goed had opgelet en zodoende nu zat opgescheept met een boekje dat ze niet kon lezen. Maar de kaarten achterin waren wel handig en daarom nam ze het iedere ochtend trouw mee als ze de deur van het hotel uitstapten om eens wat van de stad op te snuiven.

Alsof de duvel ermee speelt komt er een dealer voorbij "coke, hasjish?". Ik zeg 'no' of 'não', ik weet het niet meer, misschien zelfs wel 'nee', geef de vrouw een voorzichtige knuffel, zoals mannen soms doen die het eigenlijk toch wel heel suf en gay vinden, dat geknuffel, maar iedereen doet het dus ze moeten wel en loop de paar passen terug naar de tafel waar mijn kompanen zitten. Ik zet aan om deze anekdote te vertellen, als ik me bedenk. Ze zaten er bijna bovenop, ze weten alles natuurlijk al, waarom zou ik ze vertellen wat ze net hebben meegemaakt. En toch doe ik het, alsof het een geweldig verhaal is dat ik zojuist uit mijn duim zuig.

Regelmatig spelen we een suf spelletje waarvan ik vermoed dat veel meer mensen dat op vakantie spelen. Het is ‘raad de nationaliteit’ en dat is precies wat je moet doen. Zo simpel is het. En suf, maar toch wel grappig omdat je in veel gevallen niet eens een antwoord krijgt op de vraag ‘waar komen zij vandaan?”. En het leuke is ook dat het er niet toe doet.

Na het akkefietje met de Franse vrouw, waarvan ik niet eens weet of ze wel uit Frankrijk kwam, want misschien kwam ze wel uit Wallonië, begin ik deze ronde van ‘raad de nationaliteit’ al met een achterstand. Niet dat we een stand bijhouden. Dat is zo’n ingebakken idee van vroeger, toen alles werd gepresenteerd als een strijd, waar sommigen beter waren dan anderen en sommigen vooral dachten dat ze zich de beste van iedereen voelden. Tamelijk willekeurig juichen we nu om beurten als we vinden dat we een antwoord goed hebben. Ook als we dat helemaal niet kunnen weten en om diezelfde reden sta ik nu dus achter voor we goed en wel begonnen zijn. “The story of my life,” mompel ik in mezelf en lach een besmuikte lach die iedereen aan het tafeltje opvat als een dronkemanslach en daar laat ik het dan maar bij.

Ik stoot mijn glas bijna om.

Misschien dat het door het verhaal komt dat de Fransman laatst, of was het gisteravond, ik weet het niet meer, vertelde over die man met Tourette's syndroom en die andere aandoening, dat ik de eerste minuten van het spel behoorlijk knorrig uit mijn slof schiet.

"Fucking Americans on their New Balance shoes, white socks, baseball-cap, shorts pulled up just a little too high for my liking, and T-shirts so wide they'd better be called I-shirts."

Punt.

"Nederlanders. Ontegenzeggelijk. Geen argumenten."

Punt voor een ander.

Het is natuurlijk een idioot spel louter gebaseerd op vooroordelen die iedereen maar blijft bevestigen en daarom, misschien wel daarom zeg ik dat ik de plaat *'Boy'* van U2 eigenlijk best wel goed vind, maar dat ik een schurfthekel aan Bono heb gekregen en ik zeg heel duidelijk BO-NO en niet Bon-No zoals anderen menen dat het uitgesproken moet worden, omdat hij het zelf zo zegt, maar dat vind ik een belachelijk argument. Als ik zeg dat je Bas als volgt uitspreekt en ik spel het even J-E-S-C-O dan moet iedereen maar Jesco zeggen als ze Bas bedoelen zeker.

Waar komt toch al dat venijn vandaan vandaag? Ik vraag het me in gedachten af, want ik wil mijn metgezellen hier niet mee opzadelen. Dit is iets dat ik zelf moet uitvogelen. En dat zouden meer mensen moeten doen. Denk ik. Dat iedereen maar de hele tijd denkt dat het benoemen van het probleem de oplossing is, daar wil ik niet aan. Je moet als mens de best denkbare versie van jezelf ontwikkelen en dat moet je doen volgens regels die je ook zelf opstelt. En daarom is het zo'n ontzettende janboel deze wereld, waarin er nog wel gepoogd wordt een bepaald stelsel van geschreven en ongeschreven wetten te volgen.

"Denen," zeg ik over de mensen die zojuist aan het tafeltje naast ons zijn gaan zitten. Het knauwende brabbeltaaltje lijkt mijn vermoeden te bevestigen, tot een van de grieten opeens iets in het Nederlands tegen ons zegt. Blijken het twee bloedmooie Friezinnen te zijn, die in luttele tellen door ons worden ingelijfd in onze ranken van uitvretende nietsnutten.

We rapen wel vaker mensen op onderweg. We zijn bijna altijd onderweg en daarom gebeurt dit best vaak. En omdat we niet meer aan tijd doen, of daar dus niet meer in handelen hoeven we 's ochtends niet op een vaststaand moment naar een vooraf vastgelegde plek met veelal dezelfde mensen om steeds maar weer hetzelfde te doen en daar weer vandaan te gaan en dan de hele avond solitair, alleen of met een gezin, door te brengen op een plek de ze stuk voor stuk de hunne noemen.

"*October* van U2 vind ik trouwens ook best goed," zeg ik, maar de opmerking valt een beetje in het niet bij wat één van de Friezinnen zegt "Maar is dat niet precies hetzelfde als wat jullie doen?" en dat is zeer zeker een gevatte vraag, vooral omdat we de twee net pas ontmoet hebben en ze nu dus al doorhebben wat wij hier doen, wat op zich ook weer niet zo moeilijk is, omdat iedereen precies weet wat we doen, omdat ook zij nog steeds de resten van dit gevoel in hun DNA hebben en jij weet het ook omdat je, hoe je het ook wendt of keert, het in het voorgaande al gelezen hebt. "Gek hè?"

En je schuift aan, omdat je nu toch wel een klein beetje nieuwsgierig geworden bent en omdat je denkt dat je misschien iets van ons kunt opsteken. Dat is misschien ook zo, maar het enige is dat je het niet van ons kunt opsteken, maar alleen van jezelf. Leren is ook een allerindividueelste expressie van een impressie. Het maakt niet uit hoe ik dingen opschrijf, op het moment dat je het leest is het van jou en kunnen simpele dingen als 'de haan' of 'de Bataclan' of 'Jesco' iets heel verschillends zijn voor jou dan voor mij, zelfs als we elkaar heel dicht naderen, als we spiernaakt aan het voeteneinde van het bed staan en onze lijven zo dicht op elkaar gedrukt zijn dat we de maximale oppervlakte van overlapping voor ons twee hebben bereikt, zelfs dan nog zal er een verschil zijn, om de doodeenvoudige reden dat uiteindelijk ieder leven uniek is, al was het maar het gezichtspunt van waaruit je alles ziet. En dan getuigt het natuurlijk nog steeds van grootheidswaanzin als Kanye West zegt dat het enige dat hij daadwerkelijk betreurt, is dat hij nooit als bezoeker naar een optreden van zichzelf zal kunnen gaan. Hij, van alle mensen op de wereld is misschien wel een van de weinigen voor wie dat nu juist niet geldt, want hij ziet zichzelf de hele tijd, hij is een soort lopende realityshow die zichzelf niet herkent in de beelden, omdat hij die als iets anders beschouwt. Waar hij het over heeft is dat unieke gezichtspunt van die ander, maar dat is toch precies wat dat camerastandpunt is, waarin hij gefilmd is. Gekke Kanye!

Je lijkt wat te willen zeggen, maar hoewel je aangeschoven bent, betekent dat nog niet automatisch dat jij je zomaar in dit gesprek kunt mengen, dat jij je in onze wereld kunt begeven. En dat ligt niet aan ons. Van ons mag je zeggen wat je wilt en als het ons niet zint, dienen we je van repliek, die je op jouw beurt dan best weer mag proberen te weerleggen. En zo leren we van elkaar, het gaat er niet om hoe je telt, want wonderlijk genoeg krijgen we bijna altijd het juiste aantal bier dat we besteld hebben en dat gebeurt dan ook meestal gewoon in de juiste taal die we ook beter machtig zijn dan we soms doen voorkomen.

“Oh ja,” zeg je maar ik kan je accenten niet helemaal plaatsen. Bedoel je nou dat je het ergens wel snapt of vind je het toch de reinste flauwekul? Natuurlijk gaan we ’s ochtends naar dezelfde kroeg en is het die ochtend voor heel veel mensen al middag, maar ik heb het louter over dat moment net na je ontwaken, dat is voor mij de ochtend, en als die kroeg dicht is, gaan we naar een andere kroeg en daar zitten we dan een tijd en we kijken naar alles wat er om ons heen gebeurt, we ruiken de verschillende parfums van vrouwen die ons passeren en soms heeft er een hondje om de hoek gepist, er komen sardientjes op de barbecue en er gaan mensen naast ons zitten die zelfs als ze niet met ons praten een verhaal vertellen, dat waar we er behoefte aan hebben kan worden aangezet of aangedikt of opgefleurd omdat het voor ons niet uitmaakt hoeveel er echt van klopt. Een gedeelte van ons *zijn* is een 'literaire' variant, als je dat tenminste zo zou willen noemen en dat heb ik zojuist gedaan. En de tijd wringt. De tijd wringt. Je raakt licht bedwelmd door de toenadering van de gelezen tijd aan de echte tijd en dat is magisch.

Punt.

Natuurlijk is heel veel van wat we doen niet meer dan geleuter. Maar is dat niet overal altijd zo en is de variant die wij voor onszelf hebben gecreëerd niet een veel mooiere? Ik kan je vertellen, we werken allemaal, maar niemand van ons heeft een baan. Voor de dingen waar we het ruilmiddel geld nodig hebben, hebben we altijd wel geld en anders weten we er ook altijd wel een mouw aan te passen. Zo heb ik laatst een paar avonden op het kroegje gepast waar ik zelf ook vaak drink. Ik weet dat dat niet zo'n slimme zet is van die gast, maar het is geen Portugees, hij is Hongaar en hij is nog wat losser in dat soort dingen, beter van vertrouwen misschien en dat klopt ook, want het ging goed en ik ben te vertrouwen en de rekening die ik nog bij hem lopen had, is me kwijtgescholden en nu ben ik die alweer een paar dagen aan het opbouwen en als ik contanten heb, geef ik die hem en anders doe ik weer iets voor hem. Ik heb laatst ook zijn ouders van het vliegveld gehaald in BB. Dat vonden ze prachtig en dan door de smalle straatjes van Alfama in zo'n grote bak.

Op het moment dat Curtains de naam van zijn geliefde BB hoort, weet hij welk verhaal ik aan het ophangen ben en hij tikt me op de vingers en zegt dat het zijn verhaal is en ik zeg dat het er eigenlijk niet zo toe doet van wie het verhaal precies is en het maakt niet uit als we het een keer dubbel vertellen en het maakt niet uit als je het vertelt aan mensen die erbij aanwezig waren. Waar het om gaat, is dat we er op de een of andere manier altijd wel uitkomen. We hebben zo goed als niets van echte waarde en we hoeven ons nergens zorgen om te maken. En we horen alle tegenargumenten echt wel, de hele tijd. We hebben bijvoorbeeld door de jaren een groot netwerk opgebouwd van mensen die het niet noodzakelijk achten om elkaar de strot dicht te knijpen door torenhoge prijzen voor onderdak te vragen of dat nou gekocht of gehuurd is. En soms slapen we ergens een tijd op een bank. Dat deden we altijd al via een aantal websites en dat netwerk groeide en groeide en wij hadden ook wel door dat er mensen zouden komen die hier een slaatje uit zouden willen slaan en dat was al vrij snel wat gebeurde. Maar ons netwerk bleef ook bestaan, buiten die commercie om, maar omdat er geen enkele bedrijfsmatigheid achter zat, had niemand het in de gaten.

Punt.

Terwijl een van de Friezinnen naar de wc gaat, merk ik opeens dat de ander naast me zit. Heb ik zitten slapen? Wanneer is dat gebeurt? Waren we aan het stoelendansen?
Het duurt even voordat ik doorheb dat ze precies hetzelfde met mij aan het doen is geweest, wat ik laatst met die griet in de *Indie bar* deed. Alleen is ze toch iets daadkrachtiger, want ze zit al naast me. En ik weet nu niet precies of ze zoveel met haar vriendin aan het zuipen was geweest omdat ze daar zin in had of om dat ze nog een ander doel op het oog had, namelijk dat die vriendin dan toch echt wel een keer naar de plee zou moeten en ze op dat moment gewacht had als een 100 meter sprintster op het startschot tijdens de Olympische Spelen, dat idiote verschijnsel waarbij iemand voor vier jaar kan zeggen dat hij ergens op dat ene moment in de tijd het beste in was. Ik heb wel eens geopperd dat er een ander moment in de tijd was waarop ik sneller was dan zij, maar niemand geloofde me

en ze zeiden allemaal dat het onzin was. Iets dat ik oprecht niet begreep.

En dan flap ik er iets uit dat op geen enkele manier te relateren valt aan wat er zojuist allemaal in het echt gebeurd is. En al helemaal niet als ik het zelf allemaal niet doorhad, of had gehad, over die tijdsvorm zouden we eventueel nog wel kunnen twisten. Mensen vinden me daarom vaak een rare snuiter, omdat ik verder ga met een verhaal dat alleen in mijn hoofd begonnen was en waar ze dan maar op moeten inhaken als het mij uitkomt. Door de jaren heen heb ik wel dingen geleerd om deze aandoening wat onder controle te krijgen, waarvan de makkelijkste altijd was om maar zo lang mogelijk te zwijgen, waardoor me de tijd werd gegund om mijn eigen verhaal zo snel dat maar ging in de richting van hun verhaal te laten bewegen, zodat het zo goed en zo kwaad als dat met mij gaat bij elkaar aansloot. Ik zei dan regelmatig dat ik iemand was of ben die graag de kat eerst even uit de boom kijkt. Dat vonden de meeste mensen goed, maar voor anderen bleef ik toch die rare snuiter.

Ze heeft me zo verrast dat ik zeg “En wat doe jij zoal in het leven?”. Het is er echt uit voordat ik er erg in heb. Zij lijkt het gelukkig niet zo’n rare vraag te vinden als ik en ze lult me meteen de oren van de kop over zaken waar ik helemaal niet van doorhad dat ik daar ook naar gevraagd had, maar dat kwam misschien omdat ik iets heel anders bedoel met die vraag dan zij denkt. Dan zíj denkt. Weer zo'n klemtoon die twee kanten op kan vallen. Wat dat betreft is het net een dubbeltje. Op zijn kant.

Wat ik ook geleerd heb, is dat als ik zo'n misser maak, dat ik degene die dan het woord neemt maar moet laten uitpraten. Ik heb wel momenten gekend dat ik mezelf redelijk snel uit deze situatie had weten te redden, maar dat kwam vaak doordat de persoon aan wie ik de juiste vraag blijkbaar op een te onduidelijke manier had gesteld niet veel te melden had, want net als wij doen sommige mensen soms niet heel veel, waarbij ik wil aantekenen dat het maar net is hoe je het bekijkt of wij al dan niet iets doen.

Als ik denk dat ze wel zo'n beetje klaar is met de uiteenzetting over wat ze allemaal de hele tijd wel niet aan het doen is, stel ik de vraag nog een keer, maar net een beetje anders om te kijken hoe dat dan valt "ja, ja" dat zeg ik eerst, omdat ik ook geleerd heb dat je vooral veel "ja's" in gesprekken moet flikkeren, "ja, ja, maar wat doe je nou echt, wat doe je de hele dag?" En aangezien ze niet gelijk doorratelt over functieomschrijvingen en stoplappen van hobby's waar zelfs Joyce Barnaby, de vrouw van Detective Inspector Barnaby in de geweldige tv-serie Midsomer Murders, waar zoveel mensen uit een kleine gemeenschap worden vermoord, dat je bijna zou denken dat het om een of andere thema pretpark gaat, van over haar nek zou gaan, denk ik dat deze vraag toch een beetje onverwachts voor haar kwam.

"Hoe bedoel je?" vraagt ze.

"Dit was al een herhaling van dezelfde vraag, maar je antwoord begreep ik eigenlijk niet, omdat het meer een opsomming van een paar abstracte dingen leek, dan dat je nu vertelde wat je daadwerkelijk doet en daar ben ik nu juist benieuwd naar."

En ze begint overdreven uitvoerig haar dag te beschrijven, zo uitvoerig dat ik nu zelfs weet in welke volgorde ze doorgaans haar sokken aantrekt en welke obstakels haar vagina onderweg naar het werk wel prettig vindt als hobbel en welke niet, die noemde ze overigens dan wel bobbels, zodat ze een weg ging waar ze iedere dag precies wist waar de hobbels zaten en waar de bobbels.

Toen ik daarop vroeg waarom ze niet een andere weg nam, met alleen maar hobbels en geen bobbels, zei ze dat het niet kon en daarmee was voor haar de kous blijkbaar af. Zo

makkelijk liet ik me echter niet afschepen met een non-antwoord en dus emmerde ik door over die andere wegen, tot er iets bij haar leek te knappen en toen ik dacht "iedereen heeft een moment van knappen" moest ik opeens aan een of andere oorlogsfilm denken waarin iemand gemarteld wordt omdat hij iets schijnt te weten wat die ander ook wil weten en dat is hem zo veel waard dat hij die persoon er pijn voor wil doen, zelfs als hij zich kan verschuilen achter een hoger gerangschikte persoon die het hem opgedragen heeft. Een oorlogsfilm waarbij ik niet eens aan een specifieke film moet denken maar meer aan dit motief als onderdeel van het thema 'oorlog', een film die mensen blijkbaar nog steeds ook in het echt willen uitvoeren. Ook zoiets dat ik eigenlijk niet begrijp.
Als ze zich door de eerste tranen heen heeft gebeten en een flinke teug van haar biertje heeft genomen, gaat ze verder. Haar toon is rustiger geworden en soms lacht ze als ze zelf inziet dat het best raar is wat ze zegt. Ik luister aandachtig en heb even een enorme huivering over mijn rug en armen lopen als ik besef dat dit wel een soort healing lijkt, zeker nu ze zo rustig is en lacht.

"Grappig," zegt ze na een tijdje, "zo gedetailleerd heb ik eigenlijk nog nooit gezegd wat ik doe en als ik het zo zeg, heeft het grootste gedeelte van wat ik doe helemaal niets te maken met die functieomschrijving waar je het net over had, toen je maar zat door te drammen. Maar eigenlijk ligt dat vooral ook aan die functieomschrijving, dat is gewoon onzin, maar ja, mensen proberen dingen te comprimeren en te zoeken naar een manier om iets in een enkel woord te vangen, maar dat gaat niet, dat gaat ook niet met abstracte zaken als 'vrede', of zoiets," zegt ze nog net om het niet al te hippieachtig te maken wat ze zegt.

De andere Friezin is ondertussen allang terug van de wc natuurlijk, anders was er iets goed fout geweest. Wat des te ernstiger is omdat we nog niet hebben gegeten en nu ik daaraan denk, stel ik iedereen voor om te gaan eten. Dat vinden ze een prima plan en ik zeg schertsend "kijk hoe makkelijk onze democratie werkt".

“I carry my awareness of defeat like a banner of victory.”
- Fernando Pessoa, The Book of Disquiet

Capítulo IX:

A Majestade do Rock

Ergens onderweg zijn we vannacht de Friezinnen kwijt geraakt. Er hadden zich sowieso nog allerlei types bij onze rottroep aangesloten, dus dat zij en ook nog wat anderen als splintergroeperingen andere kanten op zijn gegaan, lijkt me prima. Onderweg naar huis vonden we op straat een paar knalgele dozen. Olga schilderde met haar lippenstift een gezichtje op een van die dozen en die wierpen we om de elektronische paal die het verkeer in Alfama regelt en we doopten het wezentje “Spongebob Trafficpants”. En we gierden het uit. En we vroegen ons af of de eerste taxichauffeur die via dit poortje Alfama binnen wilde rijden er ook om zou lachen, maar we waren te geradbraakt door de zoveelste dolkomische avond dat we er niet op wilden wachten. Bovendien maakte het ons ook niet zoveel uit.

Via onze tamtam horen we dat er vandaag weer nieuwe types in deze contreien zullen vertoeven en we zien er naar uit alsof het circus in de stad is en wonderlijk genoeg moet ik tegelijkertijd aan Hitler denken en aan Bassie, want met mijn naam moet ik altijd aan Bassie denken en dat is doodeng.

Als we eenmaal doorhebben waar ze zijn om hun spullen te droppen, omdat ze ook in deze stad zullen overnachten, besluiten we elkaar te treffen in het midden van waar zij zijn en waar wij zijn. Dat blijkt Bar Zagalo te zijn, maar dat is natuurlijk gelogen, maar Bar Zagalo is wel de eerste plek die open is die voor ons allebei het dichtst bij is. Dat is een logica waar geen wiskundige berekening op los gelaten hoeft te worden om het te bewijzen. Het is zo. En zo is het.

De types waar we niet veel later mee op het terras zitten, zijn de bassist, de gitarist en de drummer van een band waar ik ooit ook de gitarist en zanger van was. ‘Een band’, want ik heb in meerdere bands gespeeld en dit was er één van. Omdat de gitarist en de bassist sowieso van plan waren geweest om langs te komen en ik impulsiever dan ik normaal ben had gezegd “laten we dan een optreden doen, dat kan ik wel regelen”, had de drummer besloten om ook een paar dagen te komen. De bassist en gitarist zouden nog wat langer blijven.

Ondanks alle prutswerk van Curtains, kan hij uiteindelijk wel een goed feestje geven en dat is wat we besloten hebben te doen. Eerste actie, het drumstel van Curtains uit een kroeg zien te ontvreemden die al meer dan een jaar dicht is. En de eigenaar spoorloos. Curtains heeft het afgelopen jaar denk ik wel 130 lucifers in het slot van de deur van het huis van die eigenaar geduwd om hem te sarren. Maar die eigenaar is dus spoorloos en zo was het een loze actie, waar alleen een huurder waarschijnlijk veel last van had omdat hij een paar keer per week een mannetje moest laten komen om het slot weer goed te krijgen. Dat mannetje bleek later iemand te zijn uit een kroegje waar we ook vaak kwamen en die om een reden die wij niet kenden vaak bier voor ons kocht en wat nooit kan zijn geweest omdat hij Curtains wilde bedanken voor het bezorgen van werk, maar daar leek het wel op.

We staan na een paar pils voor de gesloten kroeg die Curtains' drumstel gegijzeld houdt en een paar pils drinken en dan een drumstel bevrijden was misschien niet zo'n goed idee en dus besluiten we het af te blazen, maar niet voordat we hadden uitgevogeld hoe we het makkelijkst binnen zouden kunnen komen.

De volgende avond hadden we geen zin om naar Bairro Alto te sloffen, waar de kroeg met Curtains' drumstel is.

Avond drie. Er is heel veel politie op de been. Iets met voetbal. Benfica. Champions League. Even denken we dat het de ideale avond is om het drumstel te bevrijden, maar al die agenten zwermen wel een beetje rond in de buurt van die kroeg, dus misschien is het toch beter...en we duiken snel een andere kroeg in en drinken een pils.

De volgende dag zitten we bij Bar Zagalo op het terras als ik zeg dat we het misschien anders moeten aanpakken. Er volgt een heel ingewikkeld verhaal waarin onder andere wordt gesproken over rechtszaken en andere zaken waar ik zelf niet eens zoveel van snap. Dan lachen we.

"Maar serieus, hebben we niet allemaal een beetje het gevoel dat dit inbreken is? Moeten we het niet echt zien als het bevrijden van een gijzelaar, het drumstel. De politie mag niets doen in deze situatie, de eigenaar is spoorloos en het drumstel staat maar stof te vergaren en wij kunnen het volgende week heel goed gebruiken bij ons optreden."

En dan doen we iets dat onszelf verrast. We betalen Carlos, staan op en als een oververhitte versie van het beroemde loopje uit Tarantino's *"Reservoir Dogs"* stappen we door de straatjes van Alfama, over de pleinen van Baixa, door de smalle straatjes de heuvel van Bairro Alto op.

Als schuimbekkende wildemannen wrikken we een stuk van het metalen hekwerk voor een van de ramen los en die pijp gebruiken we als koevoet om de zijdeur te openen. We stappen naar binnen, happen veel te veel stof voor onze doorgerookte longen, maar vinden het drumstel en nemen de onderdelen mee naar buiten. We kijken of we alles hebben, wat bij een drumstel dat uit zoveel delen bestaat wel handig is, want er ontbreekt nog wel eens wat.

En dan weten we dat we over iets niet zo goed hebben nagedacht. Hoe krijgen we dat hele gevaarte met alle onhandige uitsteeksels en metaal de heuvel af, alle straten door naar de nachtclub waar over een tijdje het optreden pas is. We overwegen even om het drumstel terug te zetten, maar vinden dat toch zonde na al het werk dat we al verricht hebben.
Curtains heeft een plan. Dat zegt niets. Curtains heeft wel vaker een plan. En vaak is dat dan niet meteen een 'jofel' plan. Maar dit keer heeft hij een punt als hij voorstelt om het ding bij Carlos in de Indie Bar te stallen totdat het

optreden is. Ik kijk hem aan en de verbazing in mijn blik brengt hem tot een “What?”.
“Weet je wel hoe klein die tent is, moet daar ook nog een drumstel bij?”.
“Ach, man, we verzinnen wel iets.” En hij probeert Carlos te bellen, maar die ligt op dit uur natuurlijk nog te maffen. Drie uur later heeft hij Carlos eindelijk aan de lijn. We hebben al behoorlijk wat lopen kloten met het drumstel, maar geen van ons is echt drummer. Ik kan het wel in elkaar zetten en wat stomme ritmes drummen, maar een drummer ben ik geenszins. Maar drie uur lang solo drummen is niet leuk. Niet om te doen en niet om aan te horen. Voor niemand niet. Gelukkig hebben we vooral zitten kloten. Het ding andere vormen geven en op andere manieren misbruiken, wat misschien wat oneerbiedig is na deze gijzeling van een jaar. Carlos zegt dat hij wel even komt om ons binnen te laten en dat drumstel, dat komt wel goed. Weer drie uur later komt Carlos eindelijk aangetuft op zijn motor. “Dingen,” zegt hij en ik zeg “wat, coisas?”. Ik ben in de brandende zon duidelijk over mijn kookpunt geraakt, sowieso hadden we het vocht in onze lichamen wat beter op peil moeten houden. Hij opent zijn kroegje en we zetten de spullen in het hok waar de volle biervaten normaal staan. De lege stapelt hij op bij de toiletten, ik denk vooral zodat hij daar wat minder hoeft te poetsen, omdat die dingen in de weg staan.

“Waar hij zijn volle biervaten straks dan neer zet?”.
“Dat komt wel goed”. En ik denk, oké, niet meer, niet minder. Als we de heuvel weer af stappen om langs het water terug te lopen richting Alfama, zodat we zo min mogelijk hoeven te klimmen, drinken we onderweg een biertje uit een ijskoud glas. En omdat het smaakt, nog één. Dat we het drumstel hebben bevrijd en gestald zijn we al bijna weer vergeten.

Over een paar dagen komen de gitarist en de bassist.

De bassist en de gitarist zijn er. En de drummer eigenlijk ook. We zitten op het terras van Bar Zagalo. We hebben de afgelopen dagen veel flyers verspreid, wat voornamelijk inhield een stapel mee te nemen en verder rond te struinen zoals we zonder die flyers ook al deden. En hier en daar een stapeltje neerleggen en mensen in hun handen drukken. In de kroegen merkten we dat er al over de avond werd gesproken en dat was een goed teken. Er zal zeker volk op af gaan komen en dat maakt het allemaal wel leuker. We zijn er nu niet om samen te spelen, we zijn er om samen te spelen voor publiek. We bespreken de plannen voor het optreden morgen en ik merk dat ik daar nog helemaal niet zo mee bezig ben, ook omdat ik weet dat het wel goed komt. We weten toch wat we gaan doen, dan is het toch makkelijk, dan moet je dat gaan doen. En de shizzle voor morgen, dat komt inderdaad morgen wel, we zijn wel zo slim geweest om een sleutel aan Carlos te vragen toen we gisteren bij hem in de Indie Bar waren en de malloot hem ons nog gaf ook. Hij zal op zijn dagrust gesteld zijn.

De jongens worden naarmate de biertjes wat rijkelijker gevloeid hebben dan zij de afgelopen tijd gewend zullen zijn geweest wat losser en ik heb het idee dat ze op een bepaald moment ook vergeten dat ze morgen gaan optreden, in *fucking* Lissabon.
We hangen de hele avond wat rond in kroegjes in Alfama en net voor de snode plannen gesmeed kunnen worden om de sneue plekken van deze stad op te gaan zoeken, zoals de clubs uit vervlogen tijden die allemaal namen van plaatsen dragen zoals 'Copenhagen' en 'Rotterdam', clubs waar je de godganse dag de minst appetijtelijke hoertjes voor de deuren kunt vinden, waarvan je als je ze op straat of in een winkelcentrum zou tegenkomen niet anders zou denken dan dat ze in dat beeld beter passen, dan in het plaatje dat iedereen heeft van hoeren, hoewel we allemaal weten dat dat beeld alleen is ingegeven door wat we erover te zien krijgen op tv, behalve wanneer iemand zelf naar de hoeren is geweest, of zoals een docent op mijn

universiteit altijd een looproute naar het centraal station van Amsterdam nam over de wallen, wat ik weet omdat ik daar destijds mijn uren aan het verbrassen was in ruil voor geld, waar hij sneller bij zijn trein was geweest als hij gewoon vanaf het universiteitsgebouw achter de Dam de Spuistraat had genomen, waar ook nog wel wat raamprostituees te vinden zijn, die er overigens meer te versmaden uitzien dan die overrijpe wijven die zich in deze stad hoer mogen noemen, besluiten we dat we beter maar onze bedden kunnen opzoeken. In een slakkentempo slenteren we op huis aan.

We drinken koffie op het terrasje op de markt. Alle prularia zijn weer eens uitgestald en die gek van een João die we net tegenkwamen met alweer twee liters pils in zijn klauwen zegt in ieder geval te komen vanavond en hij neemt ook nog een stapel flyers in ontvangst die hij zegt uit te zullen delen.

We hebben nog zeker acht uur voordat we iets moeten gaan doen en dus doen we tot die tijd andere dingen. We wandelen nog wat rond omdat de bassist, de gitarist en de drummer vers in de stad zijn en een bepaald rondje nog wel willen doen. Natuurlijk nemen we op het juiste ogenblik allemaal een biertje en natuurlijk zwetsen we honderduit over zo goed als niets. Het hoort er allemaal bij.

We lenen het busje van de jonge rocker Jacco G. uit Nederland die Maria P. het hof heeft gemaakt en zodoende het overgrote deel van zijn tijd alhier vertoeft. Ik scheur als een malle door de stad, die ik inmiddels zo goed in mijn hoofd opgeslagen heb dat ik alle kuilen en gaten wel ken. De anderen zijn verbaasd over mijn skills. Ik lach en zet de muziek wat harder.

"I wasn't meant for reality, but life came and found me."

- Fernando Pessoa, The Book of Disquiet

Capítulo X:

Quem limpa após a festa

Ik heb in mijn leven al behoorlijk wat optredens die ik heb gedaan beschreven, maar dat is dus altijd vanuit mijn eigen perspectief geweest. Ik ken geen ander perspectief. Ik moet wel. Wat dat betreft zou ik best wel eens Kanye West willen zijn en een optreden van mezelf zien als verslaggever.

Na afloop, als we op de derde of vierde afterparty van de avond beland zijn, hoor ik nog steeds hoe de superlatieven ons om de oren gesmeten worden. Ik probeer als mens neutraal te zijn, maar ik merk ook wel dat ik anders reageer als het compliment komt van een bloedmooie vrouw en daar zijn er op dit feestje nog al wat van, dan wanneer het een of andere gast is, die dan ook nog eens begint te strooien met zijn kennis van het gitaarspel en versterkers en die dan altijd wel iets aan de avond moet kleineren. Ik houd daar niet van, vooral van dat laatste niet en dat gebeurt altijd. Dus ik vermijd ook om die reden al dat soort gesprekken en beweeg me schichtig door de ruimte en fladder van meisje naar meisje alsof ik over *stepping stones* een rivier moet oversteken. Ik zie de gitarist buiten op het balkon staan. De drummer en bassist zijn in geen velden of wegen te bekennen, wat op zich nog goed uitkomt omdat die hier midden in de stad niet zijn. Ze zijn vast drugs aan het scoren. Dat moet wel lukken.

Van het hele gezelschap dat bij het optreden aanwezig was, iets van 200 personen, zijn er nog een dikke 50 over op dit feest. We zijn samen van feest naar feest gehopt en ondertussen ken ik zo goed als iedereen, met name de vrouwen, waarvan ik zelden de naam weet. Ik word een paar keer gefotografeerd op het feest en als we later in de nacht, de ochtend voor zo'n beetje iedereen, op het pleintje bij Zagalo zitten, roept Curtains het opeens uit. Niemand weet wat, maar er klinken tamelijk veel "Fuck me"'s. Hij laat eerst de gitarist die naast hem zit iets zien op zijn telefoon, daarna Olga en daarna krijg ik het ook te zien. Ik begrijp het niet helemaal en Curtains legt uit dat de roddelpers van Portugal denkt dat ik de nieuwe amor van een of ander topmodel ben, omdat wij blijkbaar nogal dicht op elkaar stonden op een van die feestjes gisteren. Er wordt van alles gesuggereerd, ook over wie jij dan wel niet bent. "Fuck me". Dit keer ben ik het die het zijn strot uit duwt. “What the fuck?” Het mooie van ons verblijf, hier, op dit moment, is dat we hier een soort van onzichtbaar zijn, dat we kennen wie we maar willen kennen en verder voor niemand echt bestaan en dat wil ik in ieder geval graag zo houden.

Slapen kunnen we niet meer, dus we gaan bij Bar Zagalo zitten en bestellen voor iedereen een Impérial. Carlos komt ze brengen en kijkt me onderzoekend aan als hij de biertjes neerzet. Dan glipt hij het zaakje in en komt enkele seconden later weer naar buiten met een krant en hij wijst er overdreven op, waardoor ik niet kan zien waar hij naar wijst, omdat de krant helemaal ingedeukt raakt door zijn heftige tikken op het papier, maar ik heb natuurlijk wel een heel erg donkerbruin vermoeden. Inderdaad, *shit, fuck, holy mother of god fucking christ,* en hoewel ik ook niet helemaal begrijp wat ik daarmee bedoelde, gris ik de krant uit zijn hand en hij slaat me trots als een pauw op mijn schouder. Een beroemdheid die hier al tijden op zijn terras komt, dat moet goed zijn voor de klandizie. We lachen het, naïef als we ondertussen geworden zijn voor de wereld waarin het allemaal draait om geld, weg.

Als we aan ons derde biertje zitten, komt er een japannertje de straat in gescheurd, een autootje uit Japan bedoel ik, niet een persoon uit datzelfde land, en er stapt een pinnig tantetje uit, direct gevolgd door een jongen die in één zwier een kleine camera op zijn schouder heeft geworpen, terwijl hij met zijn vrije hand een stok met een microfoon heeft gepakt. De pinnige tante, die overigens fraai gekleed gaat in een wit met groen jurkje van een Italiaans merk, waarvan me de naam even ontschoten is, maar dat doet er ook niet toe, voor haar dan, misschien wel voor die Italiaan, ze had het zelfs aangedurfd om in deze stad een klein hakje onder haar schoen te dragen, stormde op me af, nou ja, het is krap een meter van de japanner naar ons tafeltje, maar toch, het getuigt in ieder geval van de felheid waarmee ze vervolgens allerlei vragen op me afvuurde, wat niet gehoeven had, want ik lag allang gevloerd tussen de muur en mijn stoel en het tafeltje. Zonder dat wij nou ook maar iets hadden kunnen zeggen, waren ze alweer vertrokken in het japannertje en het duurde niet heel lang, want we zaten pas aan ons vierde biertje toen de mobiele telefoon van Curtains zoals dat heet roodgloeiend stond en dat was in dit geval bijna letterlijk, omdat hij zijn telefoon te lang in de zon op het ijzeren tafeltje had laten bakken, vloog het ding door de lucht toen Curtains hem op wilde pakken, zijn vingers eraan brandde onder een paar felle “Fuck me”’s die ik nu wel kon begrijpen. De drummer ving het apparaat alsof hij zijn drumstok ving, na een blitse drumsolo in de lucht geworpen in een wonderlijke spin. Curtains keek erna als een *mad scientist* die een bijzonder complex apparaat bestudeert, en ergens klopte dat ook wel, we zijn allemaal een beetje mad scientists. Hij deed het nog en als hij kijkt waar al die ophef zojuist om was op zijn telefoon, ziet hij dat het filmpje al online is en zoals dat heet viral is gegaan, al meer dan 200.000 views in de eerste paar minuten dat het online is gegaan.

Ik word wakker met drie bloedmooie vrouwen in mijn bed, waarvan degene het dichtst bij gelukkig Olga is en aan de andere kant is de muur. De twee andere vrouwen zijn twee potten, vriendinnen van Curtains die ik wel ken en waarvan er één inderdaad model is, die heb ik wel eens gezien op posters ook, voor een telefoonmerk of provider of iets, het was niet eens iets waarbij je meteen denkt dat je daar een bloedmooie vrouw voor nodig hebt om het aan te prijzen, eerder iemand die snapt hoe het ding werkt en wat je er mee kunt en ook iemand die zegt hoe duur het dan allemaal wel niet is, maar die bloedmooie vrouw die nu op een armlengte van mij verwijderd in hetzelfde bed als ik ligt, spiernaakt, een beetje opgekruld richting het voeteneind, waardoor ik haar minuscule borstjes net niet kan zien. Ik besef dat ik gedroomd heb, want het verhaal tolde nog even door in mijn hoofd en ik wist niet precies meer waar dat verhaal begonnen was en het andere verhaal dat ik voor het gemak maar noem wat echt gebeurd is, is geëindigd. In de halfslaap waarin ik me dit realiseerde, vond ik ook dat het verhaal nog niet af was en zo dwong ik mezelf weer in slaap te vallen en te hopen dat ik het verhaal dan nog even kon oppikken en afmaken.

Dat in slaap vallen lukte. Dat weet ik, omdat ik een half uurtje later wakker werd en ik zeker wist dat ik geslapen had en ik wist ook zeker dat ik die droom nog afgemaakt had, maar ik wist niet meer hoe het verhaal verder gegaan was. En dat was diep frustrerend.

Wat gebeurde was dat het verhaal totaal explodeerde en op een bepaald moment zelfs Nederland bereikte en ik dus als een soort voetbalvrouw in de Privé en de Story stond. En toen vond ik het welletjes. Samen met het topmodel, wier carrière in tegenstelling tot de mijne met het verhaal mee geëxplodeerd was, waarbij ik je wel zie denken, welke carrière dan?, maar ik kon dus niet meer relaxed op een terras zitten. Er waren altijd wel klojo's die me wilde fotograferen en het volk dat me tot voor kort alleen had aangegaapt met zo'n blik van 'wat een loser' wilden ook opeens allemaal met me op de foto. De lol was er snel af. Nu zit ik vooral binnen en 's avonds weet ik hoe ik moet lopen om ze te omzeilen, dan gaat het wel even, maar samen met dat model dus gaan we een aantal praatprogramma's langs om uit te leggen dat het allemaal op een misverstand berust en dat we geen stel zijn en dat het een verhaal is dat helemaal de verkeerde kant op stuiterde en dat we dat nu dus wilden rechtzetten. Hier en daar werden we weggezet als mediageile beesten, maar over het algemeen verdwenen we gewoon weer uit beeld en ik was dolgelukkig dat het kon.

De gitarist en bassist heb ik de rest van hun verblijf in Lissabon niet meer gezien, omdat ik de deur al vrij snel niet meer uit kon. Dat is jammer, we hadden nog prima een paar dagen en avonden en nachten met elkaar kunnen leven. Het is niet anders. En ik denk nog maar eens hoe blij ik ben dat het toch wel kon, dat je het verhaal kon uitleggen, dat je kon zeggen dat het een vergissing was, en dat je daarna gewoon weer kon gaan doen wat je altijd al deed.

Ik zit 's ochtends alweer vroeg op het terras van Bar Zagalo. Het zal een uur of drie in de middag zijn geweest en ik ben de eerste van de hele rottroep. Zoals zo vaak. En ik geniet daar ook van, dat momentje dat ik daar alleen zit en soms een kort gesprekje met Carlos aanknoop, want ondanks alles verstaan we elkaar, een koffie drink en soms al een bier. Mensen lopen langs die hun dingen aan het doen zijn. Ik doe dit. Ik zit en aanschouw. Ik observeer. Ik ben een spiegelbeeld waar maar geen beweging in te krijgen is en dat vind je prima, want het is ook prima.

De een na de ander komt aangewaggeld. Eén voor één ploffen ze neer op een van de gammele plastic stoeltjes van Bar Zagalo. Niemand heeft nog door welke dag het vandaag eigenlijk is. Ik zit nog half in een droomwereld, waarvan ik nu nog maar enkele flarden helder heb en waar ik keer op keer een andere draai aan geef in het verhaal dat ik nu wel echt leef.

Van het ene naar het andere terras glijden we gestaag de trage dagen door waarop altijd wel iets gebeurt en altijd wel een verhaal verteld kan worden.

“Fuck me!”

“Não sou nada.
Nunca serei nada.
Não posso querer ser nada.
À parte isso, tenho em mim todos os sonhos do mundo.”
- Fernando Pessoa

Capítulo XI:

Fala com ela

Om een reden die ik zelf ook niet ken ben ik wel fan van James Gandolfini, de inmiddels overleden acteur, bekend van zijn rol als Tony Soprano in The Sopranos en als je dan nog niet weet over wie ik het heb, moet je het maar opzoeken op de manier die je goeddunkt, hoewel ik betwijfel of hij het ooit tot lemma in een of andere encyclopedie zal maken, als die dingen überhaupt nog gemaakt worden. Het lijkt me wel een toffe peer, of het leek me wel een toffe peer.

Op een avond op de stoep bij het café dat we Woody Allen noemen, maar dat helemaal niet zo heet. Het café heet York Burger, wat bepaald geen verbetering is, dus houden we het maar bij Woody Allen. We zitten bij Woody Allen met John en hij is acteur en geeft acteerlessen in Lissabon. Maar John is vooral ook iemand uit een vrij grote groep mensen van een filmacademie in New York die allemaal dingen hebben gemaakt die ik erg tof vind. En dat is dan raar, want John kende James en hij vertelt wat dingen die hij met James heeft meegemaakt, waarvan ik me er nu geen enkele herinner.

Deze verhalen die we elkaar de hele tijd maar vertellen, ze omvatten, omdat het altijd samenvattingen zijn van momenten, veel meer tijd dan het verhaal duurt. Niet dat we nou de hele tijd maar aan het kleppen zijn, zo zei ik het wel, maar zo bedoelde ik het niet. Laatst nog ben ik een tijdje bezig geweest met een klus voor iemand en daar kreeg ik wat geld voor en daarvan bestel ik nu een paar bier voor mij en wat anderen die aanwezig zijn. En daar zit verder geen enkel verhaal aan vast, maar dat geldt volgens mij voor de meeste banen. De ijscoman komt langs in zijn auto en wauwel wauwel wauwel en weer door. Hij rost zijn lompe bak, in ieder geval lomp in verhouding tot deze stad, vast niet in Los Angeles of zo, of ergens in een veld, achteruit de heuvel op een parkeervak in dat hij als enige als dusdanig ziet en stapt druk zijn ijscomagazijn binnen. Even later komt hij er nog drukker uit. Zijn zonnebril vliegt af en hij schreeuwt wat tegen iemand.

Hij komt op ons af. Hij moet duidelijk zijn verhaal kwijt en hij begint erover hoe zijn ijsmakers zo dom konden zijn, zo dom dat ze de bestellijst verkeerd hadden afgescheurd waardoor er bij alle bestellingen een '0' afgevallen was, dus in plaats van 100 liter voor een feest had hij nu maar 10 liter en dat ze nooit zoveel op tijd klaar en vooral koud konden krijgen en dat hij nu dus de komende 48 uur non-stop moest gaan rijden en schipperen tussen al die bestellingen. Hij gaat zitten, bestelt wat bij Carlos, maar dat was in het Portugees, in een dialect van deze wijk waardoor wij het niet konden volgen, maar even later komt Carlos naar buiten met een stuk papier, bestek en een servet. Daarna brengt hij nog een bier.

En wij lachen en laten hem met rust, wat vrij eenvoudig gaat, want hij zit eigenlijk alleen maar te bellen en met zijn andere hand een berg eten naar binnen te laden.

Het lullige van de meeste verhalen is dat ze allemaal een abrupt einde kennen dat niet eens het einde is. Want na het gekloot met zijn rechtvoorwiel en het gedoe om dat ding uiteindelijk weer te bevestigen aan zijn auto, iets dat een vakman anders zal noemen en zeker anders zal doen, maar een vakman is even niet present, is Curtains teruggereden naar Lisboa en daar is hij vast weer in een kroegje beland, al was het maar om zijn verhaal aan iedereen die het maar horen wil, of niet, te vertellen.
Al die verhalen eindigen zelden. Zelfs als er mensen overlijden gaat het verhaal door. De

verhalen leven nog een tijdje door, bijvoorbeeld in wat mensen nalaten en om die reden, zo vertel ik de vrouw die inmiddels naast me zit in het veel te kleine kroegje waar we beland zijn, wil ik wat ik schrijf op een bepaald moment ook altijd de wereld in slingeren, in de ijle hoop dat er een paar van die boekjes en dingen die ik produceer ook na mijn dood nog ergens rondslingeren. Maar ik hoef er niet dood voor, begrijp me niet verkeerd, ook de verhalen die rondwaren in gesprekken van anderen terwijl ik nog leef, maar niet meer bij het gesprek aanwezig ben, vind ik interessant. Maar bovenal is het vooral het heden, het nu waarin we hier zitten en met elkaar drinken en ouwehoeren over de miniatuurtjes die anderen koetjes en kalfjes noemen. Het nu waarin tijd er niet zo toe doet, niet dat we niet op klokken kijken of zo, niet dat we geen afspraken meer met elkaar maken, maar het is zoals gezegd niet meer iets waarin we handelen, zoals we tegenwoordig ook anders met geld omgaan dan we aanvankelijk gewend waren, omdat het ons nou eenmaal zo was aangeleerd. Op de een of andere manier is geld er altijd wel als het echt nodig is en de mensen waarmee we nog handelen weten ook dat we niet weg zullen gaan en altijd wel bereid zijn een wederdienst te verlenen als een geldelijke terugbetaling te lang op zich laat wachten.

Het heeft soms rare effecten, hoe we op dit moment leven. Ik moet heel hard nadenken over het gat van deze dag, omdat ik geen benul heb wat er gebeurd is tussen de biertjes bij Bar Zagalo en het tentje waar ik nu zit en ik heb eigenlijk ook geen flauw idee wie er naast me zit. Ze schijnt me wel te kennen, want ze praat over zaken die ook met mij van doen hebben en dat kan ze alleen maar weten uit een eerdere ervaring waar ik blijkbaar ook bij was.

Als we een paar bier verder zijn, sta ik buiten op straat voor het tentje, tegenover de kroeg van João, die blijkbaar weer te lam is om open te gaan, of geen zin heeft in het gezeik van zijn bierleverancier die vast weer geld van hem wil zien, omdat hij in hun wereld weer eens achterligt met betalen. Ze staat nu opeens naast me. Ze is langer dan ik dacht, maar dat kan gekomen zijn doordat ze in het tentje op een heel laag krukje zat, dat wil nog wel eens voorkomen hier, die lage krukjes. Ze vraagt me na een tijdje of ik het dan niet meer wist, van dat feest en blijkbaar heeft ze na een half uur of zo toch wel door dat ik haar niet helemaal in mijn wereld kan plaatsen zoals zij wel met mij in haar wereld heeft gedaan. Zoals meestal het geval is, is de optie in deze situatie, afgezien van misschien heel hard wegrennen, maar dat is gek, om maar toe te geven aan wat ze denkt. Ik zeg dat ik het inderdaad niet meer weet, of dat ik het me in ieder geval niet helemaal meer kan herinneren en ik hoor mezelf het excuus maken dat het al de vierde afterparty of zoiets was en dat vind ik wel zo'n onwaarschijnlijk laf en lam kutantwoord, dat ik ook maar toegeef dat dat natuurlijk geen argument is, waarna ik me uit de hele warboel van gedachten red door haar onmiddellijk te bekennen dat ik wel over haar gedroomd heb, althans, dat ik denk dat het een droom was, en of zij zich dan nog kan herinneren dat we in hetzelfde bed hebben geslapen, waarna ik zie dat ze schrikt en opeens heb ik de betere hand in dit gesprek, maar ik speel geen spel, en ik hoef al helemaal niet te winnen als het onbedoeld toch een spel is en leg haar meteen uit "met je vriendin", hoewel ik daar ook niet helemaal zeker van ben.

We nemen allebei een slok. Omdat we even niet weten wat te zeggen, maar ook om onze kelen te spoelen na al die zinnen over en weer. We kijken elkaar aan en we lachen, en na de eerste kleine lachjes schateren we het uit, waardoor de anderen die buiten staan ons vaag aankijken met een blik van 'Goh, die hebben het leuk!'.
Hoewel wij wel doorhadden waarom we krom lagen van het lachen, moeten we het de anderen die buiten staan toch uitleggen en we leggen uit hoe dicht we aanzaten tegen een verhaal dat de neiging had door te schieten naar de andere kant, dat het verhaal af en toe door de barrière

heen ging van echt en niet echt, gedacht, of gedroomd. En dat het bizar is omdat het verhaal op twee plekken aanwezig was in twee varianten, met een bepaalde overlap en dat die overlap dan in het echt was, en van de rest veel ook alleen in gedachten, alleen in onze hoofden.

“Ik geloof niet dat ze helemaal vatten wat we bedoelen,” zeg ik tegen de vrouw. “Ben je eigenlijk echt model?” vraag ik er meteen achteraan, want ik ben wel even klaar met dat gedoe van net en heb behoefte aan domme feiten, waar dan vast wel weer een verhaal aan zit.

“Helaas is het verhaal een te groot cliché om daar veel woorden aan vuil te maken, dat is zonde, zonde van alles, maar het verhaal is, gescout worden op school door een modellenbureau dat eigenlijk voor een ander meisje langs kwam en vervolgens overal voor gevraagd worden en bakken met geld verdienen, arme achtergrond enzo en daarna dat gezever over lesbisch zijn en af en toe met een voetballer of rockster gefotografeerd worden om daar in ieder geval even vanaf te zijn. Je kent het wel. Of niet?” waarbij ze dat laatste zegt met zo’n besmuikt lachje, waardoor je weet dat je enigszins in de maling wordt genomen, maar dat het wel zo leuk is dat je er zelf eigenlijk ook om moet lachen.

“Genoeg,” zeg ik “ik vat het al”, waarna ik haar alleen buiten achterlaat, alleen met de anderen dan en binnen weer aan het tafeltje ga zitten.

“Dat was gezellig,” zegt Olga en dat klinkt half als zo’n opmerking waarbij je weet dat je in de maling wordt genomen, maar dat je er niet om kunt lachen.

“Uh, ja, gezellig ja,” zeg ik en in gedachten “oh ja, shit, zo’n moment”, “Ja, we hebben blijkbaar laatst op een van die feestjes met elkaar staan praten, maar ik kon het me niet herinneren,” en Olga denkt meteen “vast ja, zo’n bloedmooie vrouw en jij weet het niet meer”.

“Waar hadden jullie dan zo’n lol in,” vraagt Olga met een lichte irritatie in haar toon.

“Oh, ja, dat was wel grappig, want we vertelden elkaar onze versies van die avond en het gekke was dat er wel een bepaalde overlap in zat, maar eigenlijk niet in de gedeeltes die we ons nog konden herinneren. “Weet je nog dat die nacht van ons optreden die twee potten bij ons in bed lagen en dat we ernaast zijn gaan liggen, ik veilig tussen jou en de muur?” Wat dat betreft hadden we niet goed nagedacht, want het waren natuurlijk potten dus ík had beter een buffer kunnen zijn voor onze relatie door in het midden te gaan liggen, maar dat was dan ook wel weer gek geweest om midden tussen drie vrouwen in bed te liggen. Nou ja, uh, goed, daar hadden we het dus over en toen ging iedereen zich ermee bemoeien en was het wel klaar."

"En nu zit je hier."

"En nu zit ik hier."

Even is het stil.

"Ga dan bier halen...eikel." En we lachen en ik ga bier halen en we drinken en het verhaal van deze avond gaat de kant op die deze avond op moest gaan met nog veel meer biertjes en veel meer sterke verhalen met onzinnige eindes die nergens aan vast te knopen zijn, behalve waar je de eindjes wel aan elkaar knoopt en het verhaal groeit, omdat het nu een verhaal van meerdere personen aan het worden is, alsof je een film kijkt vanuit alle gezichtspunten van het verhaal tegelijk. Da's soms best vermoeiend, dus als de daadwerkelijke sluitingstijd van het tentje bereikt is, sjokken we de straatjes van Alfama weer op en af, richting slaapplek, die je voor het gemak ook best huis mag noemen.

“No intelligent idea can gain general acceptance unless some stupidity is mixed in with it.”
- Fernando Pessoa

Capítulo XII:

Na praia

Hoeveel herrie er de hele tijd in een stad is, hoor je pas als je er ver vandaan gaat, naar het strand bijvoorbeeld, maar daar hoor je vooral het ruisen van de zee, zeker als die zee de Atlantische oceaan is die non-stop tegen het Portugese land beukt. Gelukkig komen we ook wel eens in bossen en bergen en dorpen. Vandaag hebben we besloten naar het strand te gaan en omdat we geen zin hebben in de stranden bij de aan Lissabon vastgegroeide dorpen, gaan we over de rode herriebrug naar Arrábida. Maar eerst nog lunchen in een hotel in Sesimbra. Curtains komt daar graag omdat het decor hem doet denken aan oude James Bond films, of omdat daar inderdaad een James Bond film is opgenomen, dat weet ik niet precies meer en hoewel ik dat wel zou kunnen opzoeken, is het voor het verhaal beter als ik dat niet weet, want dan kan het nog beide kanten op. Die openheid is prettig om in te leven, te weten dat het altijd nog verschillende kanten op kan. Daar waren we in Amsterdam op een bepaald moment ook achtergekomen, dat idee van die wegen, waar bijvoorbeeld in het gedicht van Frost, hij er voor koos om *"the one less traveled by"* te nemen, waar er bijvoorbeeld bij geloven veel meer voor een geijkt pad wordt gekozen. Waarbij ik moet zeggen dat het mij om het even is, omdat er voor allebei evenveel te zeggen valt en de ene persoon is de ander niet. Zo simpel is het. Zo is het.

Als we eenmaal bij het strand aangekomen zijn, ziet Curtains dat hij zijn zwembroek niet bij zijn handdoek in zijn tas heeft gedaan. Klojo, twee dingen moeten meenemen en er één vergeten. Hij is een ster. Daarna begint hij te turen. "Looking for dolphins mate," zegt hij tegen me en ik kijk hem aan, de fantast, dolfijnen, hier, echt niet. Tot ik een keer naar de markt in Setúbal ging, die dicht was, maar dat terzijde, en nog even over de nieuwe promenade schuifelde en op een bord las dat je van daaruit tochtjes met een boot kon maken en dolfijnen kon spotten. Klojo.

Ik bel een vriend in een dorpje in de buurt met de vraag of hij daar is, wat met een mobiele telefoon helaas niet meteen duidelijk is. Hij is er niet, maar als we willen kunnen we best in zijn huis crashen. Het is een idee waar ik zelf nog niet aan gedacht had, maar waarom niet.

Even geen stad, heerlijk. Ik stel het voor en iedereen denkt er hetzelfde over. Curtains moppert nog even wat over een feestje dat die avond ergens is, bij João leer ik later en dat we daar dan niet heen kunnen, maar niet veel later zit hij alweer als een malle berichten rond te strooien dat we vanavond lekker in dat dorp zijn, “Motherfuckers!” tikt hij als laatste. En daarna begint zijn telefoon weer als een idioot te bliepen.

“Looks like we’re having a party guys,” zegt hij en als hij weer met zijn gezicht in een bliepje duikt, mompelt hij er achteraan “after all”.

Olga en ik kijken elkaar aan. Oké, zo’n avond. Ik bel nog snel even met mijn vriend met de vraag of het goed is als er wat vrienden uit Lissabon langskomen. Natuurlijk is het goed, maar ik dacht ik vraag het toch even. Wel zo netjes.

Omdat er van zwemmen toch niets meer komt besluiten we maar naar een grote supermarkt te gaan onderweg naar dat dorp en flink wat drank en wat vis en vlees voor de barbecue in te slaan. Er is een grote binnenplaats achter het huis van die vriend en blijkbaar is daar vanavond een feestje. Ik haal de sleutel op bij de buren, die me kennen omdat ik hier wel vaker ben geweest

als ik even de stad uit wilde. Ik houd van de stad, maar ik haat de stad ook.
Als we net alle spullen hebben weggezet, staat João al op de binnenplaats “Yo, bitches, it’s da Madda Fakka!”.

“Yo, João,” zeggen we in koor alsof we het ingestudeerd hebben. “What are you doing here you crazy fucker?” vraagt Curtains hem en João legt uit dat hij het feestje van vanavond maar gecancelled heeft omdat iedereen die zou komen hier heen gaat en dat hij geen zin had om alleen in zijn kroeg te zijn met een paar van die mensen met tanden en als hij dit zegt, knipoogt hij naar Olga. Curtains voelt zich daar een beetje lullig over, niet over die toeristen, maar over dat afgezegde feestje, maar niet veel later zitten de twee alweer plannen te bekokstoven over een feestje, morgen, de afterparty van wat vanavond allemaal komen gaat.

Als er inmiddels iets van 10 of 11 auto’s voor het huis staan. Geparkeerd *alla Português*. Als er inmiddels dus ook iets van 40 mensen zijn, want alle auto’s zaten ramvol, wat dat betreft zijn we goede carpoolers, klimt João op een stoel waar hij meteen doorheen zakt, waardoor hij wel subiet ieders aandacht heeft, maar dat zal niet de bedoeling zijn geweest, pakt nog een stoel, stapt daar iets voorzichtiger op en heet iedereen welkom zoals alleen hij dat kan en dat heb ik wel in mijn hoofd zoals hij het toen, daar, zei, maar ik kan dat niet op zijn manier reproduceren, maar er zaten 113 'Madda Fakka's' in zijn welkomstwoord, die heb ik wel geteld. En dat is dan weer de manier waarop ik het zeg. Ik houd wel van een kwinkslag.

De vrouwen die gekomen zijn staan allemaal in bikini, met een doorschijnende sjaal om het lijf gespannen. Zij dachten dat ze naar een feest op het strand gingen, want Curtains had natuurlijk een foto van zijn dolfijnenjacht bij het bericht geplaatst, en mensen lezen niet en letten nooit op als ze bijvoorbeeld op een kaart zouden kijken waar dat dorp dan wel niet is, om te zien dat het niet aan de kust ligt, maar goed, dankzij de navigatie in de auto's hebben ze het wel allemaal gevonden, en ik betwijfel voor sommigen toch echt of dat zonder ook gelukt was.

De muziek gaat harder en er komen nog wat vrienden uit het dorp bij en het wordt een dolle boel, waarbij de barbeque het gelukkig overleeft en de mensen ook. Er gaan op een bepaald moment wat autootjes weg, waardoor de groep die over is wat overzichtelijker is. We besluiten het feest binnen voort te zetten. Waarom weten we eigenlijk niet, want het is nog steeds niet koud, hoewel het toch al een paar uur donker is. Misschien dat we het voor de buren deden, qua geluid, met name het surplus daarvan. Of misschien omdat we zomaar wat muren om ons heen wilden.

Al snel oppert iemand dat we een spelletje moeten doen. En iedereen vindt het niks, maar toch gaan we een spelletje doen, maar wat dan? Ik zeg al vrij snel dat we niet van die afgezaagde dronken mensen op een feestje spelletjes moeten doen waar al vrij snel de onderhuidse geilheid vanaf druipt. Geen *Truth or Dare* alsjeblieft, kunnen we niet iets anders verzinnen. "Iets leukers," gooi ik er nog snel achteraan zodat de laatste enthousiastelingen eigenlijk niet meer terug kunnen naar een van die suffe spelletjes omdat ik ze benoemd heb als 'minder leuk dan wat we zelf kunnen verzinnen'.

Daarna is het veel te lang stil. Niemand kan iets verzinnen.

Omdat het mij te lang duurt, stel ik voor om in paren van twee te gaan brainstormen en dan een eerste rondje te doen met z'n allen met wat we dan verzonnen hebben, misschien dat er delen bruikbaar zijn. En dan nog een rondje in andere paren en dat weer op tafel gooien, totdat we vinden dat we er zijn, wat ook al kan na die eerste ronde.

“Hoelang?”

“Geen idee,” zeg ik “de regels zijn nog niet verzonnen”.

“Wie bepaalt in welke paren we beginnen?”

“Wederom geen idee,” zeg ik “misschien dat we met z’n allen bepalen wie met wie gaat, maar hoe we dat doen, weet ik ook niet, de regels zijn nog steeds niet verzonnen”.

Er worden wat blikken uitgewisseld, sommige wat nukkig, sommige al met een bepaalde glinstering, omdat het spel begonnen lijkt.

Er wordt wat gesproken, er wordt wat geknikt, hier en daar wisselen mensen van plek in de ruimte en er lijken zich paartjes te ontwikkelen. Een paar enkelingen blijven over, maar ook zij lijken iemand te vinden om een paar mee te vormen. Ik blijf over en stel voor dat ik dan maar een soort scheidsrechter ben, of een neutraal persoon, of advocaat van de duivel, of een dictator, of god, ik weet het niet, geef het een naam.
Na een tijdje vraag ik ieders aandacht, die me vrij snel wordt geschonken, want ondanks de dronkenschap blijven we lief voor elkaar. Nu

kom ik met een vraag "Ik heb nagedacht en denk dat er een regel is die stelt dat het niet mag lijken op een spel dat bestaat, dat het geen regels mag hebben die ook in andere spellen gebruikt worden. Kijk eens naar je blaadje, naar jullie ideeën. Voldoet jullie spel aan deze regel, wat volgens mij een eerlijke regel is, want ik ken geen spel waarin die regel gehanteerd wordt, alles is altijd een voortzetting of uitbreiding of aanpassing van iets dat er al is. Of voldoet jullie spel niet? Als dat zo is, hebben jullie denk ik meer tijd nodig." En direct duikt iedereen weer met de hoofden boven het blaadje waarop ze hun ideeën spuien.

Het voelt bijna natuurlijk als ik iets later als een schoolmeester, of als een *talkshowhost*, het lijkt bijna hetzelfde, door het huis loop, soms zelfs even met beide handen ineen geslagen op mijn rug.
In het begin luisterde ik helemaal niet naar wat ze zeiden. Het boeide me niet, ik zou het op een bepaald moment wel horen en het leek er inmiddels op dat ik degene was die dat bepaalde. Zo voelde het tenminste, maar ik had de tegenwoordigheid van geest niet, zeker niet na de eerste shots tequila die waren gepasseerd en wonderlijk genoeg recht voor mijn lippen tot een halt gebracht, om ze er naar te vragen.

Ik merk dat het niet meevalt om alles wat zo ingebakken zit in deze types terzijde te leggen en onbevangen te komen met nieuwe regels die samen een nieuw spel vormen. Het probleem is natuurlijk dat alle bestaande spellen ook veel leuke regels kennen, die je graag weer wilt toepassen en in het spel wilt inbrengen, ondanks die eerste regel die dat tegen houdt.

Als we vele shots verder zijn en er nog steeds geen spel op tafel ligt, stel ik voor om die eerste regel wat te versoepelen. "Oké," zeg ik, want het lijkt me een goed idee om positief te beginnen "ik heb wat rondgelopen en het valt me op dat het haast ondoenlijk is om een volledig nieuw spel met volledig nieuwe regels te ontwerpen, omdat alles nu eenmaal op alles lijkt, of op zijn minst op van alles gebaseerd lijkt."

"Ik moet de hele tijd denken aan mijn opa," valt een jongen uit het dorp me in de rede, "die vertelt nog wel eens verhalen over vroeger, toen Salazar hier aan de macht was en dat ze toen ook samen probeerden om nieuwe vormen te vinden van samenwerking en nieuwe manieren om met van alles en nog wat om te gaan. Daarbij werden er ook allerlei nieuwe regels geopperd, maar die bleken allemaal niet *hufterproof* te zijn, zoals ook bijvoorbeeld bij de –ismen zoals communisme en kapitalisme het geval bleek, twee samenlevingsvormen die ik zelf altijd gewantrouwd heb om dezelfde reden dat er altijd iemand misbruik van kan maken. Het lijkt bijna inherent aan alles dat we kunnen verzinnen."

Het gesprek verzandt daarna al vrij rap in allerlei onzinnigheden, waar ik persoonlijk helemaal geen zin in heb, maar we lijken er niet aan te kunnen ontkomen.

"Wat me altijd opvalt is dat die *'conspiracy theories'* waar iedereen het altijd over heeft als term alleen wordt of als meervoudig woord worden gebruikt in relatie tot de bestaande macht, maar dat de conspiracy van de macht nooit als zodanig wordt bestempeld."

"Knap dat je dat na zoveel drank nog zo vlot je strot uitkrijgt," zeg ik, "nog iemand wat drinken?"

"Een radicale omwenteling van systemen is blijkbaar niet zo moeilijk, dat hebben we in de loop van de geschiedenis al zovaak gezien, dus blijkbaar zijn die systemen gewoon inwisselbaar. Een radicale omwenteling buiten de systemen om hebben we zelden gezien. En als het al even dreigde te gebeuren, gebeurde dat vaak maar voor korte tijd en uiteindelijk altijd in het voordeel van die bestaande systemen.”

João krijgt niets mee van dit gesprek, want in de loop van de avond moet hij gedacht hebben dat hij nog in Lissabon was, want hij liep de deur uit met de mededeling dat hij naar huis ging. Sindsdien hebben we hem niet meer gezien. Terwijl we bezig waren met het bedenken van ons spel kwamen er wel allemaal scenario’s voor het verhaal van João bovendrijven. Iemand zei dat hij gewoon een taxi had aangehouden en naar Lissabon was gegaan, zonder door te hebben dat het een half uur rijden was, op zijn minst. Maar een taxi aanhouden in dit dorp is niet zo makkelijk, want er rijden eigenlijk nooit taxi’s, behalve dan wanneer er iemand met voldoende poen een taxi vanuit Lissabon naar hier heeft genomen en de chauffeur slim genoeg is, wat voor een Portugees nog niet meevalt, om ook een passagier mee terug te nemen en zo voor beide ritten betaald te worden. Een grotere waarschijnlijkheid leek het ons dat hij ergens in het dorp nog een kroeg had gevonden die open was en dat hij daar tot vervelens toe stond te blaten tegen een uitbater die veel liever naar huis was gegaan, maar geen Portugees zal hem ooit naar huis sturen. Een Portugees zal zelden iemand naar huis sturen. Mensen komen. Mensen gaan. Natuurlijk zat er iemand in ons gezelschap die een moordlustig scenario te berde bracht, waarin twee van de pot gerukte weduwen jonge mannen in de val lokten met een eenvoudig klusje om ze vervolgens met bijlen en houwelen om te brengen en te begraven onder het uit de toon vallende prieeltje in de tuin.

Alsof João de enige is die dit soort cues waarneemt, stormt hij op dat moment de kamer in. Hij had buiten zitten blowen en was in een strandstoel in slaap gevallen en omdat niemand hem gewekt had, was nu iedereen een Madda Fakka in zijn ogen en hoewel we nog wel zeiden dat hij had gezegd dat hij naar huis ging, waarop hij weer had gezegd dat hij helemaal niet had gezegd dat hij naar huis ging, maar iets anders, zonder dat hij nu nog wist wat dat was, maar ja, na al die drank en dope en al het geraaskal over van alles en nog wat, leek hem dat niet meer dan logisch, hoewel hij die woorden niet gebruikte, omdat niets echt logisch was in zijn optiek. Hij loenste nogal, João, en toen hij dit allemaal zei nog meer dan gewoonlijk.

Met de terugkeer van João leek het zoeken naar regels van ons spel als mist voor de zon te verdwijnen. Er werden wat lijntjes coke op tafel gelegd, waardoor João zich opeens weer kon herinneren dat hij inderdaad had gezegd dat hij naar huis ging, maar dat hij dat metaforisch had bedoeld, dat hij gewoon dope was gaan scoren, wat natuurlijk een onmogelijke opgave was in dit dorp. Nadat hij een biertje had gedronken in een kroegje dat nog open was, had hij opeens het lumineuze idee dat hij of iemand anders van het gezelschap vast nog wel wat onder een motorkap verstopt had en daar was hij gaan zoeken.

Toen ik de volgende ochtend zoals gebruikelijk weer eens veel te vroeg als eerste wakker werd, het zal een uur of drie in de middag zijn geweest gelet op de stand van de zon, zag ik hoe de motorkappen van alle auto's open stonden, alsof alle auto's klaar stonden in een garage om gerepareerd te worden, of als gapende monsters, die maar niet uit hun laatste geeuw konden ontsnappen, of als schreeuwlelijken die met een grote bek staan te sputteren voor een zaak waar nog niemand weet van heeft.

João had een grote zak wiet gevonden en een redelijke hoeveelheid coke in een flesje ruitenwisservloeistof dat verborgen lag onder de motorkap van een auto met naar schatting iets van een miljoen dode insecten die zich tegen de voorruit van die auto te pletter hadden gevlogen, of was de auto er met een rotvaart tegenaan geknald? Toen hij over zijn vondst vertelde had João nog wel bekend dat hij die voorruit en dat flesje niet met elkaar had kunnen rijmen en dat hij daarom er maar eens aan geroken had. Dat het geen vloeistof was, werd hem meteen duidelijk en het gespartel van de gele klonten in zijn neus hadden hem doen vermoeden dat het hier inderdaad coke betrof.

Als ik na een uurtje het lege glaswerk naar de keuken heb weten te verplaatsen en de grootste troep in vuilniszakken bij de poort heb gezet, worden er meer types wakker. Dat lijkt ook altijd zo te gaan, maar misschien dat het komt omdat ik altijd heel voorzichtig begin met opruimen, zonder al te veel geklingel van flesjes en gekraak van zakken.

Er is altijd wel iemand die brood gaat halen, en water. Er is altijd wel iemand die dingen vanuit de koelkast op de grote tafel buiten weet te verplaatsen en zo zitten we om een uur of vier aan het ontbijt.

“Hey João, you crazy fucker, ready for the party tonight?” vraagt Curtains waarbij hij de personen aan weerszijden een dikke knipoog toewerpt.

“Yeah, man, Madda Fakka,” raspt João de laatste klodders slijm uit de krochten van zijn keel.

De onheilspellende ideeën van de afgelopen nacht en ochtend lijken we uit ons systeem te hebben geslapen. Iedereen hapt gedwee wat brood en kaas en vlees weg en er worden liters water gedronken.

Iedereen heeft een redelijke kater als ik de sleutel terugbreng naar de buren. Het huis is opgeruimd, we hebben een paar flessen wijn voor mijn vriend achtergelaten en een uitnodiging voor het feestje vanavond. Alsof we een begrafenisstoet zijn rijden we over B-wegen terug naar Lissabon. Als we over die achterlijke brug heen zijn met de metalen platen met luchtgaten, waardoor je bij het minste zuchtje wind al gelanceerd lijkt te worden als je het stuur van je auto niet voldoende vasthoudt, spat de stoet uiteen. Vanavond verder. "Bij João" claxonneren we in codetaal naar elkaar.

“My past is everything I failed to be.”
- Fernando Pessoa, The Book of Disquiet

Capítulo XIII:

O João

Als we tegen tienen weer de deur uit gaan en richting centrum lopen, zien we dat João ook vandaag weer eens niet open is. De Hongaar aan de overkant wel, maar die is nog bezig om zijn tentje aan kant te maken en omdat we hem niet in de weg willen lopen, besluiten we eerst een pils te gaan doen op het terras tegenover het Fado Museum. We geven de zwervers die bedelen wat poen uit het potje dat we hebben ingesteld voor ze. Het blijft raar dat de types die al bijna niets hebben, als je het tenminste beschouwt vanuit het perspectief van het huidige systeem, dit soort types op de been houdt. Dat is vooral raar omdat we op zo'n terras zitten naast personen die het veel makkelijker zouden kunnen missen, als je de algemene balans bekijkt, dan wij, maar die zijn doorgaans te schijterig of verschuilen zich achter datzelfde systeem waar wij simpelweg niet veel mee hebben. Dat systeem waar wij allen, met wisselend succes, afstand van hebben genomen, onder andere door onze tijd niet meer om te zetten in geld, maar in de dingen die we maken en in de verhalen die we beleven en elkaar vertellen, verhalen die aan alles raken dat een leven maakt tot wat het is.

Heel af en toe belanden we op zo'n terras in een verhitte discussie over dit soort zaken, maar we zijn er steeds beter in geworden om ze te negeren, die zaken en dit soort mensen, omdat het vaak leidt tot een discussie waarin de tegenpartij er vanuit gaat dat we hun variant van leven verwerpen, maar dat is het niet. Er zijn allerlei mogelijkheden en wij hebben een bepaalde weg gekozen, niet omdat het de beste weg is, maar wel de beste weg voor ons en dat blijkt toch keer op keer moeilijk uit te leggen. Zo zei een vrouwtje laatst "Maar wat dan als je ziek bent?". Dat is helemaal geen slechte vraag, maar het is moeilijk om uit te leggen dat we met een vrij grote groep mensen leven, waarin de mensen met een zekere specifieke kennis, die best met ons willen delen. Dan is ziek zijn niet meer dan een probleem en een mogelijke oplossing. Waarna het vrouwtje zoals verwacht komt met de vraag "Maar wie moet dat dan betalen?", waarop wij wel een antwoord hebben, want voor het moment hebben we een pot, zoals we een potje voor zwervers hebben, voor het geval er iemand ziek is en van dat potje kunnen we het dan betalen. Het komt ondertussen ook vaak voor dat er iemand met die specifieke kennis is komen aankakken uit, godbetert welk eerste wereld land, gedesillusioneerd door het juk en het gareel waarin ze al tijdens hun studie belandden.

“Maar dat is toch in het klein hetzelfde systeem als alle landen ter wereld zo goed en kwaad als het gaat toepassen?” valt een wat oudere heer haar bij, “met belastingen en zaken waarvoor de overheid de pot beheert, een overheid die we zelf kiezen”.

Ik betreur het dat ik de puf niet meer heb om zo’n oude heer daadwerkelijk nog te overtuigen van de mogelijkheden om samen tot een nieuw en beter systeem te komen en helaas doet het feit dat deze heer wat op leeftijd is er niet eens toe, want evenzeer heb ik de puf niet om het de jeugd uit te leggen, want jongeren zijn zo ontvankelijk voor alles en minder gaat het nooit winnen van meer, zoals ook beter het niet gaat winnen van meer en mooier het altijd aflegt tegen meer. Voornamelijk heb ik de puf niet meer omdat juist ‘meer’ altijd de tegenstander lijkt te zijn en zolang iedereen daar nog in gelooft, is er geen beginnen aan. Het enige dat ons rest is onze gedachten dan in ieder geval voor onszelf om te zetten in een manier van leven die ons goeddunkt en voor de rest de boel maar de boel te laten.

“Alright guys, let’s go knock the last couple of teeth out of João’s mouth,” stelt Curtains voor, die er net als wij allen genoeg van heeft, van dit gesprek, van dit verhaal dat op ons overkomt als een slecht vertelde mop, waarvan de clou zelfs als het verhaal wel goed verteld wordt, het nooit zal redden in ons gezelschap.

Netjes zeggen we de oudjes vaarwel en hobbelen de heuvel op richting het barretje van João. Onderweg pikken we wat types op en zodoende kan het feestje gelijk losbarsten.

Tijdens de korte wandeling voer ik in gedachten nog wel gesprekken met mensen zoals de oudjes van zo-even. Tot iemand in ons gezelschap zegt “Luister je wel naar wat ik zeg?” waarop ik helaas het antwoord schuldig moet blijven.

João staat paffend achter zijn toog. Hij heeft de bierleverancier beloofd morgen in ieder geval twee rekeningen te betalen en daarom hebben ze vanavond nog een paar vaten geleverd en wij zijn gekomen om die er weer doorheen te jassen, zodat João morgen zijn zaakje gewoon weer dicht kan houden.
Op straat ronselen we mensen. Niet door ze aan te spreken, maar door daar gewoon te staan. En met elkaar te praten.

“Leuk dat je ook gekomen bent,” zeg ik tegen je, waarna je maar knikt, omdat je niet zo goed weet wat je daarop moet zeggen. Ik stel wat stomme vragen over wat je de afgelopen tijd zoal gedaan hebt in de wetenschap dat ik daar ook stomme antwoorden op zal krijgen die me niet interesseren, maar we moeten ons even door dit gedeelte van het gesprek heen bijten alvorens we verder kunnen. Het hoeft voor ons ook niet makkelijk te zijn. We zijn bikkels. Je gaat bier halen en dat drinken we op. Ik ga bier halen en dat drinken we ook op, anders zouden we het net zo goed niet kunnen halen. In gedachten schiet ik daarom weer even door naar die wereld waarin ruimschoots voldoende is voor iedereen. Het enige probleem is dat we het niet goed willen verdelen. Gelukkig trek je me weer snel uit die gedachten met een of ander krom verhaal, waarvan de clou me uiteindelijk niet helemaal duidelijk is, maar omdat ik niets beters te doen heb, lach ik maar met je mee en omdat ik lach voel ik me prima en ga voor de zoveelste keer binnen bier voor ons halen.

João staat als een karikatuur van zichzelf nog steeds in dezelfde pose aan zijn toog. Het enige verschil dat ik waar meen te nemen is dat zijn linkeroog iets verder naar links staat dan eerder deze avond, ten teken van een lijntje of twee die zijn neus in zullen zijn verdwenen. Als ik voor hem sta en hij voorover buigt om twee koude flesjes te pakken, omdat hij te lui is om een nieuw vat aan te sluiten, zie ik zijn neus mijn vermoeden bevestigen.

Dan komt Curtains binnengestapt die geen genoegen neemt met een koud flesje. Druk gebarend kruipt hij bij João achter de toog en sluit een nieuw vat aan dat hij steunend en kreunend uit een hokje achterin het zaakje heeft gepakt. “Er is weer bier”, waarop ik zeg “er was al bier” en ik sla mijn flesje iets te hard tegen zijn volle glas, waaruit verschillende pluimen schuim in de rondte vliegen.

“FOAMPARTY!” hoor ik iemand schreeuwen, maar het kan zomaar zijn dat ik me dat slechts verbeeldde.

Als het rustiger is geworden op straat, weten we ongeveer hoe laat het zal zijn en João vraagt of iedereen naar binnen wil komen. Hij heeft even geen zin in gezeik met die Madda Fakka’s van de politie die iets verderop in de straat kwartier houden, waardoor hij doorgaans vaker de Sjaak is dan types met soortgelijke kroegjes die verder van een bureau verwijderd liggen.

“De willekeur,” mompel ik “de willekeur.”

Je taait af.

Ik groet je.

Onze verhalen fladderen voort in het vacuüm.

Nawoord

Ik ben een groot bewonderaar van eigengereide, knutselende heikneuters als Billy Childish. Met gelukkig genoeg pils in mijn knar sprak ik de beste man eens aan tijdens Crossing Border, eigenlijk alleen om te zeggen dat ik zijn voordracht erg tof vond. Hij gaf me een handgeschreven gedicht en daar was ik en ben ik heel blij mee.

De afgelopen jaren heb ik onder de naam Pfaff, Jesco LaVon Griffiths, Del Boy Levin Boulder en mijn geboortenaam verschillende boeken, bundels en tijdschriftartikelen geschreven en uitgegeven. In kleine oplagen, omdat ik het genot van geld en 'meer' niet ken. Niet dat ik niet door meer mensen gelezen en gehoord wil worden, maar omdat het nou eenmaal gaat zoals het gaat en is zoals het is en wordt zoals het wordt.

'Os Pensionados' heb ik geschreven tussen september 2016 en februari 2017, uit de losse pols, ingegeven door het losse hoofd, dat een ongekende vrijheid geniet, omdat geld er uiteindelijk niet toe doet. Dit boekje wel. Bedankt voor het aanschaffen!

Bas Jacobs

www.ingramcontent.com/pod-product-compliance
Ingram Content Group UK Ltd.
Pitfield, Milton Keynes, MK11 3LW, UK
UKHW020222250726
13967UKWH00001B/140

9 781326 975418